U0826856

作者 玛瑞娅

作者 玛瑞娅

玛瑞娅 著

前塵影事

群众出版社
·北京·

前言

我心中有一湾情感的小河，多情地涓涓流淌着……不经意间，就会因梦的酥手，弹响小河调好的琴弦，泪水会像音符跳跃，打湿心窗，再滴落入小河……

庄子言：“人生天地之间，若白驹过隙，忽然而已。”春来了冬雪滋润大地，秋去了落叶肥沃了原野。时光不会因你的悲喜而停留脚步，它无情地飞逝着。世间一些事一些人就像夏日的繁花绽放、凋零、飘落；就像四季轮换，一季来了，一季走了……但《前尘影事》梦中你走来，醒来你远去，却不曾消失；在我眼前如一个影子，尘封却不曾散去……于是，我把它变成了故事，用不成熟的青涩文字留下来，像蝴蝶一样，没有顾虑和忧郁地飘舞着，像女红用锦线一行行缝绣着，但愿奉献给你的是一片织锦，浮现于你的眼前，给你带来想象的美丽……

目录

一 续写孽海情缘

也许上辈子我是一条美人鱼，悠游于浩瀚的大海中，为了寻觅曾救过我的渔夫，转世变成女人来到这个世界，以求报恩；也许上辈子我是一棵带刺的玫瑰，盛开在明媚的春光里，曾扎伤过园丁的手指，为了寻觅那个园丁，补偿那滴鲜血，我才转化为女人。命运不仅让我邂逅了爱情奇遇，而且还演绎出一连串的凄美故事，并且如梦似幻，缠绵悱恻。

从我有记忆开始，就在不断地做梦，并且时梦时醒，好像我是为追梦才来到这个世界的。一定是睡梦正酣尚未醒，迷迷糊糊中就被上帝一掌打下凡尘，让我来到人世续写孽海情缘。于是我在梦中长大，又在梦中编织未来之梦。

我的青春花季绽放在祖国开放的春风里。我像一个弄潮儿，追赶着时代的浪花。私家开始有车，我就是那驾车族的先锋，我喜欢驾车的洒脱快感。

一个阳光明媚的中午，我独自一人驾着我的宝马爱车，在高速路上奔驰着，我把音响放得很大，一曲《在那东山顶上》的优美旋律，飘飞玉宇，仿佛荡去浮尘，独留车内的一方静谧。我在尽享这份空灵与陶醉，明丽的光线温柔地透过车窗，洒在我飞瀑般金色的发丝上。透视镜中的我，一双大而深陷的眼睛，忽闪着长长的睫毛，端庄笔直的希腊鼻子，给我平添了几分高贵典雅的感觉。此时，在这音乐的时空里，我的灵魂展开翅膀开始飞翔……

我盘算着，今晚去哪里吃个烛光晚餐该有多好啊！手机铃声打破了我的陶醉，接起来一听，是那个我不喜欢的声音——讨厌的乔部长。他是某部搞装备的，我很讨厌他整天拉大旗做虎皮的样子。

“喂？”他粗声大气地喊着说，“曼妮呀！在哪儿呢？晚上一块儿聚聚吧？有那个总装某某部长，还有什么什么将军在一块儿。”

我一听准是旁边有人，又吹上了。我故意气他说：“有个规矩你懂不？提前三天预约叫请，当天通知是叫，开宴以后再叫是提溜。”

就听他急赤白脸地说：“这不才中午嘛，姑奶奶，还有半天呢。”

我有意拿他开涮说：“我晚上有安排了，对不起，去不了。”说完，就把电话撂了。我暗自偷着抿嘴乐，很得意自己说谎不用动脑子，晚上根本没事儿，就是不给他这面子，原因是不喜欢他。

要出高速了，我把车速降了下来，按规矩前行着，就听“咣”一声，一辆并线的车把我的左后门撞了。那响声真把我吓着了，我一脚刹车停住了，屏住呼吸，稍平静两秒钟我才慢慢下车。见一个鼻梁上架着一副眼镜的斯文男子站在那里，再一看我心爱的黑色宝马车被刮得露出了一片白漆，又看他的车，前脸儿已耷拉下来了。

我气不打一处来，愤怒地冲他说："你怎么开车呢？"

他倒很有礼貌："对不起，你说怎么办就怎么办吧。"

我一听还算懂事，气也就减了一半。把车靠边儿之后，我注意到，他的副驾驶上开门下来一个女人。刹那间，我以为我眼睛出问题了，脑子出现了幻觉，怎么会是她？张莹莹！

这女人可是和她的名字拧劲儿，一点儿都不晶莹，还加了点儿浑浊。要想知道她是何许人也，就把时光拉回到五年前吧。

五年前，我和她在舟山一个剧组里合作过，那是一部历史戏，我俩都是女主角，但都是演妻子和妃子类的角色，戏份儿差不多，真正的主角是男的。要说她比我有名气，原因是长了一张工农兵的脸，黑红的皮肤，浓眉大眼。曾几何时，工农兵形象绝对抢手。而我从来演不了工农兵，导演们不是说我太小资就是太洋气，从形象上看就是外国人，也有导演给我冠以太漂亮的评价来让我宽心。《中国妇女报》有篇报道我的文章《被漂亮所累》，还有一篇杂志报道《我不想做"坏女人"》。嗨，那个时代，想不想做"坏女人"，角色不是由演员自己说了算的，演员的命运掌握在导演手中。时间长了，我自己就把自己安排在反派的行列里了。不知那次是为什么，虽然她有点儿小名气，但已是明日黄花，她的稿酬定得没我高。这就预示着中国的影视文化已开始转变观念了。

刚进剧组那会儿，她对我很热情，一口一个妹妹地叫着，我也很高兴地称她莹莹姐姐。那叫一个好，除了拍戏，我俩形影不离，都快穿成一条裤子了。

记得她带我去普陀山拜菩萨，上香磕头。她确实很虔诚，原来她是临时抱佛脚，想请菩萨保佑，怎样她才能从"偏房"进入"正宫"。还让我帮着出主意，那时她正在和一位当红男星热得发烫，一脚门里一脚门外地搞第三者插足。真是造孽，烧几炷香，磕几个头还想把菩萨贿赂了。也就我这凡尘混沌之人，让人叫妹妹叫得晕了头，把自己当成诸葛亮，出了许多馊主意，怎么搅浑水，怎么陈仓暗度，反正没干什么好事。现在想来真是愧疚，一时以为大家的良心和正义都被狗吃了，跟着她为虎作伥。

可好景不长，突然一天，她像抽风似的，见了我拧眉竖眼，似有深仇大恨一般，我追着喊她，她就像没听见，见我像躲瘟神一样。我很纳闷儿，真是百思不得其解，我真不知道怎么得罪姐姐了。

几天后，制片人来敲我的门。大家都叫他侯总，我比较害怕侯总，觉得他长得腻歪，满脸油乎乎的，像没洗过脸一样，光溜溜的脑壳上长了几缕不成形的头发，操着一口上海话，皮笑肉不笑地说："曼妮，莹莹寻我吵了哇，问我侬的片酬多少。我讲给伊听，不要吵了！不晓得啥人讲给伊听的，侬的片酬比伊高，伊不服气，一定要和侬比。我批评伊，有啥比头啊！"

一通上海方言，伊呀侬呀的，搞得我哭笑不得。我最瞧不起在女人之间传瞎话，他本来长得就像个歪葫芦似的。此时，我再看他那张脸还不如歪葫芦好看，简直就像一盘牛粪，没棱没角地趴在脖子上，真令人作呕。我淡淡地笑了一下："这跟我没什么关系呀。"

实际我是在装糊涂，这个侯总是在跟我套磁送人情。隔三差五这个侯总就来叫我去出席什么宴会，参加什么谈判。我真厌恶到浑身起鸡皮疙瘩的程度，见到他就觉得像老鼠在脚面上窜来窜去的。于是，不是装病就是避而远之。此时，我多么想莹莹姐姐来救救我，给我解解套，可她却在暗地里看我的笑话。

谢天谢地，总算舟山的外景拍完了。剧组大队人马要乘船到上海，再坐火车前往厦门拍摄，主创人员乘飞机。侯总这时神秘兮兮地告诉我："曼妮，你和我一起乘飞机前往厦门。不要对其他人说哦。"

我心中暗想：我可不能自愿陪绑，宁肯坐火车同其他人一起吃苦。于是便问："莹莹坐什么去?"

他摇头晃脑："小傻瓜，她怎么和你比呀，她当然坐火车呀。"

我想了想，假如莹莹和我做伴儿，坐飞机倒也不错。晚上，我厚着脸皮去找莹莹："莹莹姐姐，去厦门有坐飞机的，你赶紧去要求一下。"

"你坐什么去呀？"她问。

"嘿，为什么你老是和我攀呀？愿去不去。"我说完便走了。

她像梅超风似的，去制片人那里之后，哇哩哇啦地乱说一气："啊，剧组怎么有亲爹后妈呀，为什么曼妮就坐飞机，别人就坐火车？她长得好看是吧？"

制片人问："谁说的？""还谁说的？曼妮自己说的！"

得，全盘把我供出，闹得剧组翻了天。侯总悻悻然赶来把我批评一通："曼妮，我告诉你不要说不要说，你为什么心里藏不住事呢？看看，全乱套了吧。"

"说心里话，侯总，我是不对。可我也为难，这不早晚人家都会知道吗？"

"知道什么？到了厦门知道又怎么了，我就说你自己拿的钱！"

"侯总，谢谢你，把机票改给莹莹吧，我坐火车。"

事情在我的慷慨相让下，总算平息了下来。

到了厦门，自鸣得意的莹莹见到我，眉开眼笑，像蝴蝶一样，在我身前飞来飞去的，她又和我恢复了形影不离的亲密关系。

厦门我有很多哥们儿在那里做生意，他们隔三差五会开车接我去灯红酒绿一把，又唱又跳，吃海鲜，喝靓汤，我也会把莹莹带上。中秋临近，剧组和当地银行证券联合办晚会，让我主持。由于没有演出费，主办方最后送了我一套价格不菲的首饰。莹莹为此又哭闹了一把，问制片人礼物为什么没有她的，后来制片人揶揄她说：“你去问主办方嘛。”

戏总算杀青。那天晚宴告别，片酬大家都领完了。我确认自己的片酬比莹莹多很多，端了杯酒走到她跟前，故意主动告诉她我拿了多少钱，想气气她。看到那张工农兵的脸，五官全错了位，眼睛里喷射出火焰，我那叫一个痛快。轻轻地我走了，犹如我轻轻地来……

五年过去了，我俩就像断了线的风筝，音讯俱无。不料今天真是冤家路窄。她倒先开口了：“哎哟，臭美妞，怎么是你呀，怎么一点儿也没变呀？”

我也热情灿然：“哎哟，莹莹姐姐，怎么心里不平衡到今天呀，玩儿车技拍电影呢？找人撞我的车玩儿惊险呢？”接上去附耳小声问，“这又在诱惑谁呢？这个可不是那个男星呀？又换了？不是你老公吧？”

她佯怒，在我肩上打了一巴掌：“别胡说！该死的。”转而满脸通红。嗨，看来还有救，知道脸红就有羞耻心。我扭过身来，对着那个尴尬万分的“撞撞”（后来我正式给他起的名号）：“走保险吧，把你的电话留给我，我们再联系吧。”

莹莹马上说：“留我的吧。”

“车是你的吗？”我问。

她说："不是，咱姐们儿不是朋友吗。"

我脖子一扭："得了吧，快省省吧。"接下去，用带有几分讥讽的口吻说："瞧瞧，几年不见，你的脸咋变得这样复杂深刻，嗨！就知道你有些不够自信了。"

我和"撞撞"互留了手机号码，打开车门，潇洒地招了一下手——拜拜！一脚油门走了。

二 祸兮福所倚

两天后，我和“撞撞”在西四环的宝马4S店见面，修车。

我又数落了他一遍：“看你把我‘女儿’都给破了相了！”

他呵呵地笑着说：“‘女儿’？我没撞你的‘女儿’呀？”

我指着我的爱车：“它就是我的‘女儿’！知道吗？”

他更笑了：“听你说话就跟看舞台剧似的。那天你下来，我以为我撞了外国人的车了呢，你是混血儿吧？”

我斜眼看着他：“我长什么样儿跟你有什么关系？我是不是混血你也不能开车不讲究吧。”

他笑得更加起劲儿了：“呵呵，看你还没消气啊。”

我暗想，这位是干什么的，脾气怎么这么好？仔细打量他一下，嗯，还不难看，大约一米八零的个子，有点儿高仓健的意思，儒雅而不失冷峻。我随口问了一句：“你是哪个单位的？”

“中科院的。”他随手递了一张名片：原来是博导魏浩明。同时，他很友好地把手伸过来，我微伸四指轻握了下。

事情很快处理完了，但车看来是一时半会儿开不走了。他识趣儿地说："中午了，我请你吃个饭吧？表示歉意。"

我正好早上也没吃饭，肚子叽里咕噜地叫，又一想，就看你和莹莹鬼混的份儿上，我也该狠狠宰你一把，便说："去哪请呀？"

"一切听你的。"

我们打车来到西三环的顺峰，坐到靠窗子的位子上。秋日的阳光透过纱帘射进窗子，感觉有一种迷迷蒙蒙的浪漫，轻柔的乐曲，抑扬婉转，舒缓缠绵，古筝弹奏得醇雅曼妙，仿佛有谁在我的耳边喃喃私语。我要了一盅血燕，剩下的请他来点，冷眼观察他的品味和诚意。他叫了河豚和鱼翅捞饭，还点了个西兰花。我调皮地说："怎么还要冒死吃河豚，生死考验一把吗？"

席间，我们还算友好地边吃边聊，东一棒子西一榔头地不着边际。他问我怎么认识莹莹的，我说你回去问她吧。他刚要郑重其事解释他俩是什么关系，我立马摆手："打住，我可不想听你俩什么关系，这不关我的事，本人不感兴趣。"

他盯了我片刻，突然提出一个问题："你能给我做个广告吗？"

"那要看什么广告？"

"是一个眼睛营养的保健品。"

"有没有通过科学认证啊？"其实我也不懂，但是得装作很懂的样子。

"万事都齐备，马上就要投产了。那天看见你从车上下来冲我发火，我就发现你的眼睛很美，我正在到处找广告模特儿呢。真是众里寻他千百度，蓦然回首，那人却在灯火阑珊处。"

我暗喜，看来莹莹又要生气了，张莹莹呀张莹莹，我真是你的克星！说心里话，我都为她感到窝囊。看来工农兵的眼睛也不是什么时候都是主旋律。如此一拍即合，我们就初步达成协议，等待再约时间，敲定细节。

正要起身离去，就听身后有人喊我："曼妮！"我循声望去，只见那个浑圆粗壮的乔部长向我走来。嗨，怎么越不喜欢谁，他就越在你眼前晃悠。我只好硬着头皮上前寒暄，顺便介绍了一下这位中科院的科学家魏浩明。乔部长对魏博导竟视而不见，大音箱似的嗓门喊叫着，一定要我去见见他哥哥，说是什么什么将军。随后，他连拉带拽地把我扯到他们的包房："我就觉得那边很亮，晃眼，我一看果然是大美女曼妮。"

桌边围坐着一圈人，就听他介绍，什么这个长那个总的，最后拽着我很隆重地推出他的哥哥乔将军。我打量一眼对方，还真觉得他哥哥可比他强多了：笔挺的身材，一脸的阳刚之气，古铜色的皮肤，更衬托出清瘦的脸庞有棱有角，两道剑眉下一双炯炯有神的眼睛，显示出饱经风雨的沉稳镇定，透着搏击风浪之坚韧。他的手轻轻地有礼貌地与我握了一下，表情却显得不苟言笑。乔部长强迫我坐在了他哥哥身边。无奈，我又开始接着吃，其实不是吃而是交际，我看在座的都是些有头有脸的人物，不能不给乔部长面子。乔部长问我："喝白的还是喝红的？"我看看他们喝的是茅台，我要了一小杯红酒，敬了一下，我说下午还有事，急忙就告辞了。临了，大家都给了我名片，唯有他的将军哥哥拿起笔在纸上给我写了个电话号码，字如其人，刚劲有力。

也不知那个"撞撞"魏浩明什么时候走的，埋单反正也不关我的事。

回到家，躺在沙发上。回顾这几天发生的事，自己咧嘴笑了，不知笑的是什么，反正感到很有趣。电话响了，我接起来，是“撞撞”打来的，说明天那个生产眼药的企业家要见我，顺便再把合同订了。地点还定在顺峰，晚上六点半，在红蜻蜓包房。

放下电话，我忽忽悠悠地睡着了。梦见我在一片蓝幽幽的海水里游泳，我游呀游，一个浪花儿打来，把我推到海底，我使劲儿地蹬，一张大网向我撒来，我被一个渔民拖到岸上。我正要呼喊……先生盛唐推门进来，把我唤醒了。

我先生是一个有板有眼的数学教授，在一所名牌大学任数学系主任，他在我面前从来都像父亲对女儿的感觉。最可笑的是，邻居常常看我们牵手散步，不知情的人都以为他是我父亲，夸我孝顺。其实我先生不比我大多少，也就十二岁。当年爱上他时，就喜欢他那孔夫子的样子，满腹经纶，我这人没怎么读书，所以很敬仰有学问的人。

他的家庭可是一个大家族，听说是什么正黄旗。全家人没有高声说话的，唯有我爱说爱笑像个燕子叽叽喳喳，说起话来眉飞色舞，手舞足蹈，因为我在他们家中年龄最小，老少也都格外地对我偏袒和包容，我也努力地乖顺优雅，娴静可人，在整个家族中人缘还算不错。

他回来，我就一通噼哩哇啦地说了白天的事：“嗨，盛唐，你说这人要是走运吧，连摔跟斗都能捡金砖，居然撞车还撞出个挣钱的事来。那个‘撞撞’说要我给他们做个广告，给我一百万片酬。”说着，我从沙发上站起来，让他抱我。

他慢条斯理地抱起我，完全没有热情和浪漫，像释放包袱一样把我放到沙发上，告诉我：“遇事要慎重，药品临床试验了吗？弄清楚了再激动。”

我很讨厌他经常在我高兴时老是往头上泼凉水，我没好气地踹了他一脚："你对钱有仇呀？他给我钱，我就拍，不合法电视台也不给他播呀！"

先生按住我的脚："你看没看见那个大明星，做个什么违法广告来着，不是给退款了吗，舆论多不好。"

我想了想，也是呀。但不管怎样，我明天也要见见那个生产商。

保姆把饭菜做好，摆齐了，叫我们吃饭。我家保姆姓胡，湖北人，听说她老公疯了，没了踪影，找了好几年，活不见人，死不见尸。当时，我是在一家房地产公司见到她的，她在那里打扫卫生，看她那模样还算顺眼，我就把她领到我家做起了保姆。她饭菜做得很一般，但卫生搞得很干净，手脚麻利，我还满意。她这时听见我要去做广告，就高兴地说："你拍广告我去看，要是需要群众，我不要钱，让我拍个镜头就行。"

我饭都快喷出来了，对着我家老夫子说："看看，现在这年头，连小胡都比你明白。广告，广而告之。"我指着自己的脸，"这张脸就是钱！"

先生摇头笑着，那样子像个老古董——不现代，但显得很有城府和阅历。

三 扇动美丽的翅膀

第二天傍晚，我从衣柜里选了几套衣服，试了又试，最后穿上虽然存放很久，但依然时尚的超短纱裙。裙子面料薄如蝉翼，似透非透，露出白皙修长的腿，杨柳细腰，包裹得恰到好处。这套裙子是从法国巴黎买回来的，当时买的时候，觉得穿的机会不会很多，只是喜欢。由于太性感，几乎没有穿过。脸上施了点粉黛，照着镜子审视自己：从美人尖儿的发髻到忽闪深陷的眼睛，从高挺笔直的鼻子到调皮微翘的下巴，从红润性感的嘴唇到长长如玉的脖颈，都无可挑剔。于是，自鸣得意地绷起脚面，把一只脚搬过头顶，依然婀娜柔韧，扭动着丰满的翘臀，圆锥形挺拔的乳房随之晃来晃去，张开修长的双臂，自视像一只白鸽，仿佛轻盈地扇动着美丽的翅膀，飞进了云端，飘忽在蓝天上……

可不知为什么，心里好像还是有点儿忐忑不安，犹如当年盛唐和我初恋时第一次来观看我演出，兴奋得好像怀里抱个兔子，上蹿下跳地坐卧不宁。

那天开演前，盛唐到后台，走近我，与我拥抱的一刹那，我就有半醉的感觉，肌肤触摸到无孔不入的温情，每一根神经都觉得软酥酥的。开演铃声响了，全场安静下来。在轻柔悦耳的音乐声中，大幕徐徐拉开。剧情是从一个少女舞者舞蹈开始的，整个灯光追向了我，我像柳枝般婀娜，扭动着窈窕的身姿，尽情地荡漾着，悠然舒展，闪烁着青春的靓丽。像风儿一样轻盈，跳跃着激情，忽而飞身腾空，来了一个倒踢紫金冠。突然，裙带开了，裙子脱落下来，我春光乍泄，像一个裸体雕塑摞在了舞台上，台下观众顿时哗然。情窦初开的我，正值桃花三月，满面春光，摇曳着美丽。本想尽善尽美地表现自己，万没想到，宛如在水之湄的素手调琴女子，把琴弦调断了，泪水如一潺溪流，冲坏了彩妆。演出结束时，盛唐上来送鲜花的时候，我哭得像个“小花猫”。从此，在盛唐面前落了个“小花猫”的雅号。

今天为什么心跳呢？可能是为那一百万？我曼妮有那么俗吗？为了一百万，就精心地把自己雕琢、修饰得像个舞女？自己很快又否了自己。我绝非是为钱，从来也不会为钱而自轻自贱。那为什么呢？为“撞撞”，不至于吧，我什么人没见过？他魏浩明？还差点儿。那为什么心老是怦怦地跳呀？嗯，明白了，想志在必得，想一鸣惊人，证实一下自己的价值，气气那个张莹莹，你不是嫉妒我吗？我非叫你生活得不痛快！给你添堵，那我才叫解气。从小我就有这个毛病，事事都争强好胜，看起来真是三岁看大七岁看老，修炼到今日也没修成宽容大度之人。也是，生在凡尘之中，难做睡莲一朵，更难心随烟霞，独醉清风。

衣冠齐了，尚缺坐骑，我打电话给哥们儿张海波，他是银行行长，也是我的后勤保障。

张行长接了电话："喂，曼妮，有什么吩咐？"

"不好意思，海波哥，我的车修理去了，派你的司机和车为我服务一下呗，今晚我有个重要的事要做。"

"曼妮呀，难得你看得起哥，几点？今晚车和司机都归你使唤。"

张行长是我哥的发小，我们是老邻居，他是看着我长大的。其实他小的时候很不起眼儿，鼻涕邋遢地跟在二哥屁股后头玩儿，有时会在我们家蹭饭吃。别看他穿着打扮不怎么样，但手很巧，会捏小泥人。记得有一年"六一"儿童节，他给我捏了一个泥娃娃，穿着连衣裙，眼睛还镶嵌两个黑玻璃球，嘴唇还用印泥涂上红色。我非常喜欢，给泥娃娃取个名字叫米莎。一直摆在书桌上，每天写作业时，"她"都在看着我。一天我在梦里，看见米莎眨动着眼睛，对我说话："曼妮，我想到河里去游泳，你能帮我吗？"我奇怪地看着她："米莎，你不能游泳呀，你遇到水就会融化的。"米莎用乞求的眼神看着我说："所以我才求你帮助我呀！你把我放到火里烧，经过火的锤炼，我就可以不怕水了。"

醒了以后，我就把故事讲给全家人听，妈妈笑着说："曼妮真富有想象力。"说过之后，谁也没有在意。我却对着米莎，好像有点儿对不起"她"，每天都会用手摸摸"她"，对"她"说话，久而久之，米莎虽然是个泥娃娃，但"她"已成为我的小伙伴儿了。有一次，二哥不小心，把小泥人碰到地上摔碎了，我还为此大哭了一场。二哥找海波哥，又做了一个泥娃娃给我。但我总觉得不是米莎，没有那种对泥娃娃入梦相随、相见如初的感觉了。

没想到那个会捏小泥人的海波哥长大出息了，考到人大，不知怎么后来就做了某个首长的秘书，再后来就鬼使神差地做了行长。虽只是个支行，毕竟也是一行之长呀。但无论他有多高的地位，我在他心中绝对是公主，有求必应。

五点半，张行长的车准时停在了门口，是一部进口凌志。司机打开车门，我像一阵风似的飘入车里，颐指气使地给司机指明了方向，这谱还是一定要摆的。到了顺峰，小姐带我进了红蜻蜓包间，他们都已等候在那里多时了。只见一个老妪端坐正中，见我进来，笑盈盈地看着我，“撞撞”连忙起身介绍：“这就是大名鼎鼎的周董事长。”

我们彼此拥抱了一下，老太太很懂礼节，谦和地自我介绍：“我叫艾米。”

艾米身材不高，但体态适中，服饰华丽，浑身珠光宝气，像一棵圣诞树，显得五光十色。尤其她手上戴着一颗硕大的足有五克拉的钻戒，在灯光的折射下，发出耀眼的光芒。手腕处一个手镯，晶莹剔透，温润碧绿，格外抢眼。对她矮小的身材来说，这些饰品戴在她的身上，略显有些沉重。

不知为什么，艾米一直在用心打量我，不时还眯起眼睛，好像在用眼睛抚摸我的全身。虽然她一再对我赞不绝口：“太漂亮了，是我见过的女演员中最漂亮的。”但我还是觉得周老太太不是一个简单的女人，眼神像X光射线，能透过衣服看到你的五脏六腑。

她看上去年过六旬，但说话声音嗲声细气的，活像青春少女。我一个劲儿地说：“哪里哪里，谢谢！谢谢！”但心里还是飘飘欲仙，美滋滋的，整个晚上我都尽量表现出淑女的纯真与优雅。

酒过三巡，菜过五味，才进入正题。据说全球的商业交易多半是在餐桌上进行的，接下去便要进入签合同阶段。别看周老太太看上去彬彬有礼，但却是个老辣的谈判高手，合同中有一条最关键，我只能为他们一家代言，不许再接任何广告。若与其他任何广告公司签约，必须通过他们允许。我想了想还是问了一句：“时间多久？”

“三年。”

我算了算，一年不到三十五万我就把自己给卖了？但一想到莹莹那张嘴脸，我还是签了。人们往往为了一时利益，为争那一口气，会主动地心甘情愿地让钱绑架自由。

大家觥筹交错，皆大欢喜。“撞撞”的手机响了，他接起来，就听到听筒里莹莹尖利刺耳的声音：“这些日子怎么联系不上你了？那个广告的事怎么定的？”他的电话就像按了扩音器的大喇叭，一点儿也不保密。只见“撞撞”支吾半天，当着大家的面说假话：“董事长出国了，这事暂时定不了。”

这不睁眼说瞎话吗？董事长就坐在这里。嗨，看来科学家更能说谎，而且编排出瞎话之后还能面不改色心不跳。放下电话，他解释说：“本来没见到你以前，基本定了莹莹。但看见你我改了主意，也就没和她签。”

我心里想：这下完了，我和莹莹由人民内部矛盾铁定升级为敌我矛盾了。我闪念一想，这是不是有些乘人之危呢？但一想起对手是莹莹，我很快就心安理得了。在利益面前，对不起，我不会示弱，我还真不想那么脱俗。

艾米此时将我揽在怀中，显得喜爱有加：“曼妮呀，我见到你第一眼就非常喜欢你了，可真是打心眼儿里喜欢，看来我们有很深的缘分，我真想要你做我的干女儿。如果你没意见，以后就到公司来和我待在一起好吗？我再回美国度假，就把你一起带上。”

听到她那带着海外侨民特有的口音，感觉很有味道；一句句赞美之词，跃入耳中，心里暖呼呼的；看着眼前的这位迟暮美人艾米，高贵的举止，优雅的谈吐，说话间时不时夹杂着流利的英语，对她油然生出几分敬佩和羡慕。我猜想，如此具有亲和力的艾米，一定是个有故事的女人。

张行长的司机等候在门口了，我坐进车里，感觉自己有幸遇到了贵人，不是有句话吗——“读万卷书不如行万里路，行万里路不如贵人指路。”

四 伤在箭下的白鸽

从签约开始，我就作为品牌形象代言人投入到“撞撞”科研成果生产的流水线上，无数次地随着产品被复制、被展示。周老太太还真有点儿大家气度，一下就投入了五千万。这种保健药是从蓝莓中提取的，对眼睛干涩有极好的预防保健作用。随着广告铺天盖地地播出，奇迹出现了。我演了那么多角色，从来没有像今天这样，转瞬间混了个脸熟。走到哪里都能被人认出来，于是我也加入了戴墨镜的行列。我的朋友们看到广告，纷纷打来电话。

海波大哥也打来电话凑热闹：“曼妮，你做的广告产品，真有那么好吗？”

“当然了，那是中美合资产品，对眼睛绝对有营养作用，您要是吃了，水灵灵的大眼睛，就更能显出对少女少妇的杀伤魅力了。呵呵……”

“你就跟我贫嘴吧，哥这眼睛吃什么也不行了，眼角耷拉得快成三角眼了。”

“嗨，海波哥呀，你就是没早点儿吃这保健品。你看我，就是吃保健药才眼如秋水，脉脉含情。”

“得得，要真是对眼睛有好处，我买几瓶吃吃看。”

“我说海波哥，您别那么抠门儿好吗？干脆你买几百箱，给你们银行的职工做福利吧，给你个批发价。”

“好说，只要对眼睛真有好处，一切好说，有空儿我们坐下聊聊这事儿。”

一阵调侃，刚放下电话，“撞撞”的电话打了进来，约我去思念咖啡厅喝咖啡，说有点事情商量一下。我正好也把这件事说给魏浩明听听，顺便操作一下每销售出去一箱，能拿多少回扣。

思念咖啡厅，在女人街的一个拐角处，经常是文化名流侃大山喝咖啡的聚首处。没认识“撞撞”以前，我就经常光顾那里。还是我带“撞撞”到这里喝咖啡的。他如今也受了传染，也喜欢上了思念咖啡厅的氛围。

开上我的爱车，没有半个小时就到了。

保安基本都认识我，每次泊车时都会殷勤地给我关照，我都会给几块钱小费，喜欢看到他们满足的笑容，对我道声“谢谢”。

其中一个服务生小刘还是我的一个老熟人，我们是在一家扬州修脚店认识的。我小时候跳舞练功，又长年穿高跟鞋，脚掌会起老茧，要经常修脚。有一次去修脚时，看见小刘正在抹眼泪，我问他：“怎么哭了？”

他说：“我妈妈病了，住院没钱，等我汇款，我让老板支点儿钱，他说不行。”

我借了他一千元，反正也总来修脚。可后来没多久那个店倒闭了。小伙子很守信义，打电话告诉我："姐姐，我没钱还你怎么办呀？修脚店关张了。"就这样，我没要他还那一千元，又给他推荐到思念咖啡厅当服务生来了。

小刘见到我很热情，忙过来打招呼。和以往一样，我和"撞撞"在二楼靠使馆方向的窗前坐下了，其实那个位子已成为我们的专座。思念咖啡厅的老板和我很熟，周老太太又很关照朋友的生意，给我们买了金卡。

"撞撞"要了一壶蓝山咖啡，他亲自操作。服务生端来蓝山咖啡豆，由我们自己磨。之后，就用酒精将意大利咖啡壶里的水加热煮沸，蒸汽把蓝山咖啡送进杯里。这个过程，很浪漫，也很享受。"撞撞"动作非常熟练，他很绅士地问我："加不加奶油，加不加糖？"

我故作公主状："我喜欢加少许天然奶油，而不加糖的苦咖啡。"

"这才是真的在品咖啡的原味。"他帮我加好，"请公主品尝。"

"呵呵，"我们都情不自禁地被对方调侃笑了。

此时，"撞撞"要和我商量什么事我都不在意，全身贯注和他一起品蓝山咖啡。我比较喜欢咖啡的芳香，尤其咖啡进入口中，那绵绵感觉美妙无比，润滑得像绸缎，给我很兴奋酣畅的感觉。真如广告词里说的那样："滴滴香浓，意犹未尽"。还没有等"撞撞"话入正题，一阵急匆匆的脚步声传来。一个疯女人向我吼叫着，歇斯底里地扑了过来。我抬头定睛一看，是莹莹！嘴里还不干不净，骂得很难听："骚女人，狐狸精，今天非给你破相不可。"我急忙一闪，她跌了个踉跄，爬起来还没完没了。这时，整个咖啡厅楼上、楼下都惊讶地看着我们，睁着一双双充满期待看一场精彩好戏的眼睛，我真觉得颜面尽失。因为来这里的多数人都认识我，除了广告的作用，基本也就是经常喜欢喝咖啡的人到这里谈事。

情急之中，我不知哪来那么大的勇气，打开包，拿出一打钱拍在桌子上，对服务生小刘像发布命令一样断喝："给我打！"这哥们儿还真是知恩图报，上去揪住莹莹的头发，"啪啪"就是两耳光。莹莹还真是像勇猛的斗士，不屈不挠地向小刘扑过去。小刘一躲，她重重地摔在了桌子一角，脑袋瞬间血流不止，一下子躺在了地上。我浑身哆嗦着愣在那里，这场面我还是平生第一次经历，脑子一片空白。

不知谁报的警，警车没几分钟赶到了，120救护车也来了，把莹莹送往朝阳医院，听说前额缝了七针。我和"撞撞"、小刘都被带到派出所接受询问。警察见我浑身哆嗦，问我："有什么感觉？怎么哆嗦起来了？这可不像拍电影那样好玩儿吧？看你在电影中扮演的间谍倒挺沉着的。"嗨，不知警察是在调侃打趣，还是在讽刺挖苦，那样难看尴尬的情境，令我无地自容。

大报小报第二天就曝光了，标题粗大醒目：《金发女演员和科学家争风吃醋血染咖啡厅》。

小刘被关进了拘留所，我和"撞撞"被放了出来，听候处理。

单位领导把我领出派出所，街上人看见我都指指点点，盛唐的全家也知道了。我丢盔卸甲般狼狈地迈进家门，盛唐吩咐保姆小胡给我做点儿稀饭，就进书房了。那一刻，我在家公主的地位已土崩瓦解，像个退了毛的凤凰，感觉自惭形秽，满身是嘴也说不明白了。看着盛唐那双无奈而迷茫的眼神，我多么希望他骂我，质问我呀！

晚饭后，他整个晚上都没问我一句话，坐在钢琴旁，一直弹着那首贝多芬的《月光》奏鸣曲。我知道他在告诉我他的悲愤失望，不停地抒发着他内心的痛苦。每一个音符，都在敲击着我的心灵；每一个旋律都预示着不祥之兆，潜藏着危机，也如疾风暴雨抽遍我的每一寸肌肤。我已遍体鳞伤，也快憋死了，我找不到解释的机会，我不知道今后在盛唐面前的日子，还能不能抬起头来。我一直受宠，我受不了低声下气。我绝望了，每当我需要盛唐给我一点儿依靠时，他总是沉默。

眼前浮现出曾经发生的一幕：我和他热恋时，有一回他要去外地讲学，需要几个月的时间。当时我正在学习弹钢琴，钢琴老师是他一个非常要好的朋友李志军。临行前，盛唐将我托付给他，请李志军关照我的钢琴练习。每星期有两节课，都是到李老师家里学琴。

这一天下午，按照惯例，我准时到了李老师家门口，轻轻地敲门。屋内传出："进来。"我推开门，只见李老师卧房的门开着，他躺在床上。我站在门口有些犹豫，不知是该进还是该退。见我站在门口犹豫不前，李老师随手拿了一串钥匙，示意我去把书房的门打开，我走进卧房接过钥匙，转身将书房门打开。心想老师可能要稍作休息，我此时弹琴显然不合适，就从书柜里取下一本书翻阅。

这时，李老师开门走了进来。我立即站起身来，他轻轻按住我的肩膀让我坐下。我突然感觉到他的手在抖动，心里正在诧异，只见他像被火烤着了似的后退到窗前，一双充血的眼睛死盯着我。我清楚地看到那两只眼睛活像兔子，他满面通红，呼吸急促地问我："曼妮，你说我是好人还是坏人？"

我感到奇怪，不假思索地回答："好人呀！"

他说："我想亲你，你太美了，简直就是东方维纳斯！"

我吓坏了，哭了起来，我说："对不起，我做错了什么？我没有那个意思，是不是我有什么地方不检点了？那我走了。"

他上前拦住了我说："你不要走，你要是走，就证明我是坏人了，你的琴还弹不弹了？"

"李老师，我出去走走。你冷静一下，我一会儿再回来。"说完，我就跑了出去。我怎么走下四层楼梯，又怎么逃难似的来到大街上，说心里话已全然不清楚了。我只记得一边走一边哭，我茫然地沿着公共汽车站，一站一站地走着。一路上，我在想怎么和盛唐说，以后该怎么办？从此以后，我就再也没有去他的朋友家学钢琴。

几个月后，盛唐回来了，像家长检查孩子的作业，问我钢琴学得怎么样？我一五一十地把事情经过讲给他听，他既没有愤怒，也没有诧异，好像什么都没有发生，显得异乎寻常地平静。而后他仍然和他的朋友李志军来往，我倒在其中显得尴尬，好像我做了什么亏心事，犯了什么大错似的。一直以来，我对这件事耿耿于怀，猜不透盛唐内心是怎么想的。我无数次问自己："是不是我有错？是不是我的不当引诱别人心生邪念？是不是我就是个多事之人？"再联想到今天的一切，我心一片荒凉，感到我的爱情家园活像一个墓地。

我走到盛唐跟前："盛唐，我们离婚吧！"

"离婚？"盛唐终于停住了他愤怒的手指，睁着带血丝的眼睛看着我，"离婚？为什么离婚？"

"我不想给你丢人！"我很倔强地说。

盛唐这时才站起身，扶了一下我的肩膀："你不要耍小孩儿脾气，事情做错了，改了不就得了吗？"

我甩掉他的手："我没错！我没错！"扭头就进了书房，开始收拾我的东西，将我的剧照和我喜欢的几本书匆匆忙忙地装进皮箱里。

从表面上看，我们的婚姻可谓甜蜜，那是在别人眼里，而郁闷和孤独却是在我的心里。因为盛唐不懂爱与情调，永远是一加一等于二。他的长相和他的行为反向：一头浓密自然卷曲的头发，白净的脸庞，两条剑眉下有一双似睁非睁的散光眼睛，常常眯成一条缝。我常常说："眯眼看人，会把人看扁。"他唯一能和我交流的是，偶尔和我一起弹弹钢琴，但他弹出的曲子通常都是悲愤多于浪漫。他大部分的时间都给了书本，只会读书。他看的书都是他的专业书籍，我几乎一页都看不懂。有时，我会把时尚杂志拿给他看，他会应付我翻看几下就随手扔到一边。他对钱、对时尚统统不感兴趣，好像是不食人间烟火的老僧。有时我问他，我穿的衣服好看吗，他永远说好看好看，其实他根本就不看。

记得有一次，我和他去参加他大学同学的聚会，那些同学的太太都夸我漂亮，我以为他会很高兴。回到家里我问他："我漂亮吗？"

"你照照镜子就知道了，那些奉承的话有什么用，你们演员就爱听这些没有实际意义的话。"

"为什么我到哪里都会让很多人惊艳，而你却不以为然？"

盛唐不温不火地说："如果我天天惊艳，就离死相差不远了。生活原本就该平平淡淡，平平淡淡才是真。"

我哭了，觉得盛唐不欣赏我，他喜欢的是数学公式。丘比特的箭射错了方向，他所欣赏的女人的类型不应属于我。

与他结婚的第一年中秋，我和盛唐去他妈妈家里，他事先告诉我："别穿得花里胡哨，不好看，黑的最好，你那张脸就够看了。”我不知道他是在表达什么意思，所以之后我的衣服柜子里几乎都是黑色的服装。

盛唐父母家在四合院里，父母亲为人谦和，与邻居街坊都相处得非常和睦。自从我结婚走进那个四合院里，就如平静的湖面投进一颗石子，泛起了阵阵涟漪。仿佛大家都在唱京剧，我愣进来跳芭蕾，怎么都显着别扭不协调。街坊四邻议论纷纷：“盛家娶了个演员，这样的媳妇靠得住吗？”一个邻居老太太的声音传到我的耳朵：“那小腰没有我吃饭的碗口粗，那样儿能生孩子吗？也就是摆着看的。”从那天开始，我的心就一直留下一块伤疤……总感觉，我融不进他的家族中，我也极不情愿走进那个四合院。

本来人们对演员就戴着有色眼镜，我今天闹出这样的新闻，不难想象出一张张嘴该怎样议论，七扭八歪的脸孔在我眼前晃来晃去……我决定离婚，借着这场风波把导火索引爆了，偶然里透着必然。

“就不能再考虑一下吗？我和你的爸爸妈妈谈谈再说好吗？”盛唐见我一连串举动，这才意识到我真的是铁了心了，于是用祈求的眼神等我回答。

“绝不能告诉我爸妈，如果你和他们说了，我就死给你看，你就等着收尸吧！宁为玉碎，我也不为瓦全。”

盛唐是比较了解我的脾气秉性的。

我起草好离婚协议，净身出户。三天后，我和盛唐去了离婚办事处，协议离婚了。记得盛唐和我走出办事处，手里拿着离婚证书，眼泪一下子流了出来：“你不是我老婆了吗？”

我麻木地回答：“不是了。”

他自己好像突然醒了，打着自己的头：“我为什么签字？我为什么签字？我以为你是耍脾气，我真糊涂！”他自责着哭得像个泪人，我早就没有眼泪了。

我拎着一只皮箱走出了家门，盛唐又追了出来：“曼妮，这个家永远都是你的，你随时都可以回来，我等着你。”我像没有听见，迅速地拦辆的士，上了车，把他远远地甩在了身后。

走过一段路，到了北海公园，我下了车。买了一张门票，一个人拉着箱子走到北海岸边坐了下来。望着波光粼粼的湖水，我感到无言的失落。触礁的爱情，沉没的婚姻，不是所有的爱情都能像当初海誓山盟一样，白头偕老。婚姻就像含苞的花蕾，那样的娇嫩，无意间我把那花瓣揉碎了，我的眼泪扑簌簌地流下来……

我痴痴地望着寥寥无几的莲蓬，阴阴郁郁地立在湖水中。淡淡的一阵风儿吹乱我的长发，遮住了我流满泪水的面庞。也许，只有青青的莲子，才能懂得我心中的凄楚吧。不由得，我又想起了我和盛唐的一些往事。就在这里，我又依稀分辨出我和盛唐往昔朦胧的脚印，耳边复述着恋爱时的悄悄话儿。这时，我发现我对盛唐的感情，远远超乎我的想象，所有和盛唐在一起的甜蜜与美好都在这一瞬间席卷而来……

我在这里与盛唐第一次初吻，可谓一吻定情，决定了我们的婚姻。在北海公园的岸边小路，盛唐牵着我的手，他如阳光般的笑容、宽阔的胸膛，把我拥入他炽热的怀中，青春气息发出雄性荷尔蒙的味道。我的灵魂也在熊熊燃烧，那一刻，我愿意一生栖息在他的翅膀下，尽管他脸上坚硬的胡茬儿刺痛我凝脂白嫩的面庞，我仍醉倒在青涩而甜蜜的初吻中，我宁愿做一只伤在他箭下的白鸽，喃喃地呻吟着，乖乖地任他摆布……

问世间情为何物？直叫人生死相许。从那一天开始，我的心灵留下了一块儿羞涩翠绿的湿地，款款开放着一支多情的玫瑰，不允许其他任何人践踏我从心底涌出的圣洁爱恋，爱在我心中赋予一种神秘而单纯的颜色，如冬天玉砌晶莹赏心悦目的白雪，亦像荷塘中娇美的粉荷，美丽包裹着朦胧……

如今还是北海岸边的小路，我这艘承载一颗破碎心的小船，仿佛要被风浪掀翻，被海水吞没。我像水面的一叶浮萍，随风茫然地飘流着……

小时候，爸爸的话回荡在耳边："我女儿让我惯坏了，要是在旧社会出门子，嫁出去三天就会让婆家剥了皮给送回来。我的女儿找不到好人家我就留家里，爸爸会养你一辈子。"看来爸爸真英明，只是这一天来得迟了一点儿，不是三天而是三年，虽然没被婆家剥了皮，但我还是自己剥了皮，空空如也飘落在街头……

我走投无路，像只流浪的宠物狗一样，终被周老太太收养，暂时住进了艾米在北京的家里。

小刘被关进拘留所，莹莹还躺在医院中，硬说是脑震荡，这无疑是在敲诈。可有一点，我一直纳闷儿，莹莹怎么就知道那天我和"撞撞"在思念咖啡厅喝咖啡呢？

我开始托人捞小刘，他是为我进去的，够哥们儿。这孩子是农村人，要是蹲个两年监狱，不就毁了吗？我翻遍我的电话本儿，眼睛定在乔部长——乔依山的名字上。平日，我死瞧不上的乔部长，此时也只有靠他了。我豁出脸面打电话找乔部长，这位我眼里的混世魔王，在京城里，没有不认识的人。他已经看了报纸，没等我说话，就说找个地方给我压压惊。

五 回放往昔

我狼狈不堪地蜷缩在中国大饭店的翡翠餐厅一角，情绪低落至极。此刻的我，就像过了十二点的灰姑娘，身上的美丽魔咒随着钟声响起而消失殆尽。乔部长却穿着笔挺西装，在绚烂的彩灯映衬下显得比往日帅气，趾高气扬得像个王子一样坐在了我的对面。

记得有一年我过生日，乔部长说要为我在香格里拉酒店举办生日宴会。“咦？请问为什么要为本小姐办生日宴会呀？”他说：“为的是和你们这些专业演员一起唱唱歌，PK一下我的歌喉。”我的很多朋友都来了，那天我穿着白色太阳裙，脚上穿了一双只有一条带子的红色皮凉鞋。就在吃完饭大家准备去另一个地方唱歌时，我的鞋带断了，害得我大出洋相，光着脚丫走在五星级的酒店大堂。乔部长英雄救美般开上他的奥迪，带我火速赶到即将打烊的燕莎，买了一双白色凉鞋穿在了脚上。

如今，我没有像灰姑娘那样在红地毯上丢掉水晶鞋，所以并没指望他会提着水晶鞋来赐给我幸福，我只是用可怜巴巴的眼神求他捞出小刘。人们常说：“不求人一般高，求人就会折弯腰。”此时，我最能体验这句话的个中滋味。乔依山一副包打天下的样子，扬起大手揪了我一下鼻子：“小样儿！瘦了，不扛事儿，这算什么呀！”嗨，这时候，揪下鼻子也认了，只要能把小刘捞出来。

他当着我的面开始打电话了：“嗨，赵局呀，我是老乔，肯赏光明天聚聚吗？”真有面儿，赵局还真答应了明天聚聚。他劝我不要上火：“小事一桩，放心吧，不出三天，小刘保证放出来。关键时候有哥在，怕啥？来来，多吃点儿，别把身子骨饿坏了。”

不知为什么，眼泪很不听话，哗啦啦地滚落下来。虽然我讨厌乔部长颐指气使不可一世的张扬做派，但他总是在危机时出现在我面前，很够哥们儿义气的样子。

莹莹出院了，赔了她五万块钱，因为她也有责任，是挑起事端的一方。小刘出来后，没了工作，“撞撞”把他安排到周董事长那里做保安，月薪三千块，比原来的咖啡厅工作多出一倍的工钱。

这场风波看似平息了，但对我的影响很大，元气大伤。我总感觉没有颜面去见单位的同事，也更无法面对父母及邻居，抑郁寡欢，整日无精打采，我的世界变得暗淡寒冷，令我颤栗。周老太太雪中送炭，为我指出一条光明的路：“曼妮，你可以去美国上学深造，一切手续我来帮你办，我可以为你承担一切费用，去美国纽约我家里住下，然后给你办移民。”听到艾米的一席话，我仿佛见到了黎明前的曙光，驱散了我生命中的黑暗，迎来了柳暗花明。真是天无绝人之路，生活为你关上了一道门，上帝又打开了一扇窗。

一切都要从新开始了。那时的周老太太真像我的救命恩人，为我做担保，公证各种文件，如同妈妈一样和蔼可亲。签证很快办下来了，她带着我去赛特购物中心，买法国时装、意大利时装，买了一套又一套，毫不吝啬钱，好像在给女儿挑选嫁妆似的。每试一套服装给她看时，她都会眯起眼睛前后地看，眼睛里流溢出慈祥和关爱。事无巨细，她都亲自打点，想得细致入微。

记得出国前的晚上，她带着我去香格里拉吃西餐。席间，她坐到我身旁，亲切地拉起我的手，把一张美国运通卡送到我的手里：“曼妮呀，到了美国用钱就从这卡上提。”那时，我感到她就像钻进铁扇公主肚子里的小蜜蜂！能力如齐天大圣孙悟空，料事如仙，神通广大，什么事都能猜到你的心里去，没有她办不到的事情。

就要离开自己的祖国了，离开了养我生我的父母，无论如何心里都是酸酸的。夜，悄悄地来临，我躺在不属于我的床上，蜷缩着身子，有点儿莫名的忧伤……我没有回家和父母告别，因为我怕因父母阻拦而失去勇气，几个哥哥那里也只好到机场后再打电话告诉他们吧。我时时觉得愧对家人，大报小报对那场风波的报道评论，给父母家人带来的不光彩，跳黄河也洗不干净，令我浑身是嘴也解释不清，况且也不知道向谁去解释。我只有选择掩耳盗铃，选择逃离。三十六计走为上，等我混出个人样儿再卷土重来。反正无颜面对江东父老，没有楚霸王的勇气，只能选择离别了。辗转反侧时，周老太太敲门，端来一杯奶茶，放到了我的床头柜上，关切地说：“早点儿睡吧。”冒着白色雾气的奶茶，散着浓浓的奶香，我没有欲望喝，闭上眼睛，疲惫地缓缓地进入了梦乡。

早上醒来，我把厚厚的一摞照片放进我的书包里，那是全家人的照片，带上它们，也许就像亲人在身旁。就这样地离别了，我轻轻地在心中默念，爸爸妈妈再见！

在去机场的高速路上，老天仿佛也有些伤感，牛毛细雨淅淅沥沥地一直下着，雾气蒙蒙，雨刷不停地在车窗前摆动。昔日的一切，如同车窗外向后飞逝的景色，都成过往，“回首向来萧瑟处，归去，也无风雨也无晴”。咬牙跺脚地也就走了，可鼻子一阵阵发酸，泪水缓缓地在眼中打旋儿，悄悄地滑落脸上，流入心底。旧日的往事像电影节选一样，一幕幕上演……

妈妈生我的时候，正在五七干校劳动改造，整天脱坯和泥巴，超强的体力劳动使妈妈早产了，我提早两个月匆匆来到这个世界。为纪念妈妈整天往墙上抹泥的时光，爸爸给我取个很好听的名字——曼妮。

我生来爱笑，眼中的世界是万花筒、百宝箱。我常常仰望天空，充满魔法般的幻想。幻想自己长出翅膀，飞到月牙儿的小船上，遨游太空，把天上的星星摘下来装进瓶子里，把太阳的光辉收拢到花盆中，冷了坐到花盆旁边烤火，嗅着花香暖着手脚。每天怀揣着这些无尽的奇思妙想，跳着皮筋儿，唱着歌谣，如一株灵芝嫩芽成长在灿烂的春光里。

由于我在家中最小，又是唯一的女孩儿，爸爸把我看作上帝赠送给他的一个最好礼物，视如掌上明珠。过分的娇宠溺爱，使我养成一个好出风头的坏毛病，像孔雀一样愿展示漂亮的羽毛，家里家外处处显摆，为博得大人赞美和青睐。每当家里来人，我都会踩着板凳坐到窗台上，两只脚踢着窗台下面的墙壁，发出哐哐的响声。妈妈担心我摔下来，使劲儿打我的屁股问：“你为什么一来人就上窗台？”我边哭边说：“窗台亮还高，大家就会看见我。”

在左邻右舍的夸赞声中，我长大了，背着小书包上学了。

我告诉爸爸：“长大了，我想当医生。”

爸爸问我：“为什么当医生呀？”

“医生很神奇，能给人治病。”

我心目中的医生都是穿着白大褂、带着医护帽的天使。又像美丽的茉莉花，柔柔美美地开放着，身上飘着来苏水的味道，洒下一路幽香。这可能源于我先天不足，小时候爱生病，妈妈爸爸经常带我穿梭于医院中的缘故。每一次流感，我都是积极分子，踊跃加入感冒队伍。不知多少次，我感冒发烧，半夜三更爸爸经常把医生请到家中为我打针，也不知是医生医德高尚，还是爸爸有特权，医生来给我看病，偶尔会带点儿水果，例如大枣呀，橘子呀，苹果之类的。那时觉得是自己可爱，比别人长得美丽，因而医生对我另眼相待。现在想来，是多么无知和浅薄，脸皮真像墙上的泥巴一样厚。

再大点儿了，我开始喜欢照镜子，妈妈拉长声音喊着：“别照了，镜子照破了！”每天早上是妈妈最忙碌的时候，要做全家人的早饭。给我梳小辫子的任务就落在爸爸身上，如果打扮不漂亮，我就会哭闹着不去上学。

妈妈会像打扮洋娃娃一样打扮着我，夏天我穿着各式各样色彩缤纷的花裙子，冬天我穿着当时少见的棉猴儿大衣。在老师的偏爱和同学的羡慕中，我走完了小学的路。

该上中学了，我背着父母家人，考进了舞蹈学院。如果说小时候，跳跳舞，唱唱歌，弹弹琴，爸爸会在家里客人多的时候，让我表演各种小节目，所有人都会给我掌声，尽管一切表演都很稚嫩，但爸爸会享受女儿给他带来的骄傲。当我肖曼妮真的把艺术当成职业的时候，却遭来全家人质疑的目光。妈妈说：“蹦蹦跳跳能当饭吃吗？青春过去了怎么办？”哥哥们鸡一嘴鸭一嘴的，没有一个表示赞成。

我喜欢舞者的纯情风韵，飞动浪漫，但每天都是千篇一律枯燥的基本功训练。练功练功，并不是我想象得那么优雅曼妙。严格的作息时间，和部队练兵一样辛苦，几乎是两点一线，练功房到宿舍，宿舍再到练功房。饮食也不能放任，我感到太受约束。我又想当记者了，觉得记者像夏日的蝴蝶，飞舞在自由的天地里，想去哪里就去哪里，无冕之王，一支笔横扫天下，还能在报刊杂志上指点江山，激扬文字，一篇豪文能获取颇丰的稿酬，真可谓名利双收。我心目中的记者，男的一定很帅，女的一定很漂亮，就像好莱坞大片上的俊男靓女，遇到的都是传奇惊险的故事。

在憧憬与幻想交替中，我步入了青春。又开始梦想当翻译了，最好做个外交官，穿梭斡旋于各国政要首脑之间，以睿智的滔滔雄辩、优雅倜傥的风度，在政坛上纵横捭阖，在万众瞩目中展示女外交家的巾帼风采。

七想八想在缠缠绵绵的顾影自恋中我真的长大了，该到了人生选择的重要时刻了。

舞蹈学院毕业了，我毅然报考了话剧团，而且是中央直属院团。真如做梦，随着人山人海的考试大军，竟然被我仰慕的专家们选中，意外地走进了话剧表演的艺术圣殿。

在我无数个梦想中，一提起便令别人都讪笑不止的梦想，就是想看看威尼斯水城，因为小时候我看过莎士比亚的《威尼斯商人》，对此无限向往，再有就是去俄罗斯听听克里姆林宫的钟声。也是因为看过太多俄罗斯文学作品和苏联电影，还有就是自己血管里流淌着斯拉夫民族的血液。

走进话剧团后，随着访问演出，我的梦想成真，真的去了莫斯科——我母亲的故乡之邦。我站在红场中央，聆听了克里姆林宫回响的钟声。

机缘眷顾，幸运的我又随着演出代表团去了威尼斯，划着小船游历了美妙的水城，照了很多照片给爸爸妈妈看。妈妈逢人便笑呵呵地拿出照片给人家看：“曼妮命好呀，睡觉有人送枕头，饿了奶妈就会来。”我也庆幸自己的命运不坏，尽管梦想很奇妙，但一个一个都走进了我的现实生活中。

大概我在妈妈肚子里的时候，和妈妈一道把苦水喝尽了，剩下的甜水让我出生以后来享用。不是说人生两杯酒吗？一杯苦一杯甜。我从不期待在我的人生字典里，会有苦涩和艰难。

我喜欢美食，小时候爸爸就叫我小馋猫。爸爸会在星期天，带着我去买江米条和各种点心，就着豆腐脑吃。我坐在板凳上享受那美食美味，爸爸会看着我吃，脸上带着微笑。那时我就老想不明白，为什么这么好吃的东西，爸爸不喜欢吃，不和我一起吃呢？长大后，我才知道爸爸是不舍得吃。离家后，爸爸还是会经常背着几个哥哥，偷偷给我些钱，嘱咐我馋了就去饭馆儿打打牙祭。

如果我是一片纯洁的云，爸爸就是那蓝蓝的天空，白云永远在蓝天上漂浮着。我就是躺在爸爸怀里的那片白云。爸爸的胸怀给我感觉那样地辽阔，那样地深邃，那样地温暖，那样地坦荡……

怀着一腔眷恋，我登上了飞机，飞翔在万米高空，飞过白令海峡，飞过国际日期变更线，离我的妈妈、爸爸、家人，越来越远了……

六 望断天涯

到了纽约，有种从脚底颤抖到头顶的兴奋，无限的自由，空气中都释放出自由的负氧离子，飘来淡淡的花香，风儿温柔地吻着我的脸颊，撩拨起心底潜藏的浪漫柔情。我为自由而飘逸，我被新奇灌醉了……

周老太太艾米家的公寓，坐落在纽约第九大道，是1880年到1886年的老式建筑，面对百老汇大街和中央公园的西大街。若沿着中央公园东大街散步，可将迷你式的凡尔赛宫、维也纳式的宫殿、法式城堡尽收眼底。这里居住着众多的文化名流、诗人、艺术家和当红歌星，如麦当娜、伍迪艾伦。

周老太太的儿子杰克每天开车带我出去兜风，吃喝玩乐，对我百般殷勤。杰克，人到中年，身体有点儿发福，中等身材，但很有风度，模样有点儿像拉丁后裔的味道，说话音质富有磁性，动不动还耸耸肩、努努嘴的，给我的感觉很新奇，就是不知道他每天究竟干些什么。他生活很懒散，从不正点起床，醒来后会去喝咖啡遛狗，晚上会去酒吧喝酒，偶尔像模像样地坐在摇椅上看报纸晒太阳。我英语不好，都是他带我进出，俨然一位贴身护卫，一个爱的保护神，十足的绅士风度，我渐渐地有点儿离不开他了。和他在一起，真有一种贵族感觉，买东西刷卡，宾利兜风，还会经常带我去吃法式大餐，进出都是金碧辉煌的豪华场所，每周六还会带我去大西洋城，豪赌一把，试试手气。慢慢的，我把什么都抛在了脑后。

那天清晨，我独自漫步于中央公园，薄薄的晨雾飘荡在湖面，烟雾浩淼。我坐在湖边，静静地聆听天籁之音，空灵、浑厚、柔美、缠绵。两只鸳鸯在戏水，像一对恋人，我的心中突然涌出淡淡的哀愁，有股说不清的酸楚和失落。我不知身处何处，是在梦中还是在现实。凝眸回转，似一双醉眼，朦胧地飘向远方，望断天涯，就像一只无帆之孤舟，寂寞地漂泊，不知何处抛锚归宿……百无聊赖中，我起身向纽约大都会博物馆走去，那里有永恒圣洁与恬美的经典油画在吸引我。

博物馆还没有开门，我坐在台阶上，怅然若失。长长的街道上已人来人往，车水马龙。风儿缠缠绵绵地挟着温柔，似有万种风情……门开了，在琳琅满目的大师作品中，我看到了阿道夫·威廉·布格罗创作的《小淘气》那幅经典油画，作者用唯美幻想的方式，把女性的美与深沉的爱意，在画中表现得淋漓尽致，母子情深的动人情景，使我想起了遥远的妈妈……泪水情不自禁地滴落在脸上。我感到心里有些委屈，突然伴随着一阵恶心，我有些害怕，直觉告诉我是怀孕了。

天呀，我刚到一个月，怎么怀孕了？尽管我喜欢《小淘气》这幅油画，也不证明我现在就要做妈妈呀！我本来是要上学读书的，一切都还没开始，老天呀，你怎么和我开了这样大的玩笑！和盛唐在一起时，我多么想生个孩子，抱给他们家的街坊们看看，为我争口气。可一直没有怀上孩子，我一次次地失望。怎么会这么巧，在美国大都会博物馆的艺术圣殿里，上天竟然送达了我要做母亲的消息。做母亲是神圣和幸福的，也是我一直渴望的，可这个消息来得有点儿猝不及防，毫无准备。在美国除了周家，我举目无亲，我该怎么办？我又能怎么办？孤独无助的我仿佛承载着千钧巨石，踉跄地走出大都会博物馆。我没有目标，茫然无措地走着，尽管茫然也必须往前走。顺着第五大道，我又走回中央公园，我想在喧嚣的闹市里找一份宁静，让我能不受任何干扰地思考。

我在湖泊边的草坪上坐了下来。不远处，两只喜鹊像一对情侣冲着我打招呼，又抑或是母子，爱怜有加。这场景无疑是为我上了一课，用禅宗的话说是“悟”。爱在鸟类身上演示着，特别是在绿莹莹的草地上演示，更有一种怅然的美。我慢慢地走过去，好想和喜鹊说话。它们并没有飞走的意思，我仔细地看着它们，这还是我第一次近距离地观察喜鹊：除了肚皮和翅膀的羽毛是白色外，其他地方全是深浅不一的宝石蓝黑色。它们的眼睛很亮，像颗颗宝石，在阳光的照耀下闪闪发光。它们看着我，喳喳地叫着，好像为我唱歌，而且婉转动听。记得爸爸告诉我：我出生那天，他就听到喜鹊叫。听到喜鹊叫，就是有喜事。在我孤独徘徊的时候，喜鹊坚定了我的信念。也许命运就是这样安排的，我接受上苍的安排。

晚上，我和周老太太说了实情。她听后，高兴得泪水模糊了双眼。第二天，她就去第五大道买了个两克拉的钻戒，让杰克戴在了我的手上。周家三代单传，一直没有孙子。家大业大靠谁来继承，一直是周老太太的烦心事。杰克有些游手好闲，读了博士几乎无用，婚姻破裂后就一蹶不振，好像是看破红尘，整日靠酗酒打发时间，一直做着单身贵族，无所事事。只有周老太太还在坚守岗位，老当益壮。

周老太太的老公周德森几年前去世了，家业虽大，但人丁寂寥冷落，用人比主人还多，有些抱憾终生的悲凉。我的怀孕，刹那间成了周老太太的救世福音。她像保护大熊猫一样，吩咐用人照顾好我的身体。衣来伸手，饭来张口，这种日子像待在华丽的监牢里，尽管优越，但不自由。

杰克虽然对我百依百顺，但女人往往更喜欢有个性有作为的男人。时间久了，发现他精神萎靡，自甘堕落，看到他荒芜的心灵，流着干咸的泪；虽然他不言不语，却传来心底的哭声；虽然他也试图挣脱，但在黑暗中，是一双畏葸胆怯的眼睛，充满不可救药的悲痛……他手托着酒杯，不知为何而醉，又为何而生。常年借酒浇愁，以此来掩盖他无望的孤寂，好像他只为生存而活着，不知生活有什么意义。我无法接受这样的一具躯壳，伏在他战战兢兢的怀里做梦。我泪如雨倾，只能在睡梦中呜咽，在雨泪中徘徊……

我二十七岁生日那天，天空阴沉沉的，有种暴风雨来临前的压抑。杰克在马克西姆为了给我庆祝生日而举办宴会。我身穿古典拖地白长裙，虽然我的肚子明显隆起了，但由于穿着古典式的裙子，下摆用钢丝托起，根本看不出我怀孕。我像天鹅一样，长长的脖颈上带了一条红珊瑚项链，走起路来大大的裙摆拖地徐行。整个餐厅为我唱生日快乐歌，黑人小姐扭着翘臀推出的蛋糕像宝塔一样高。在宾客的祝贺声中，倒出晶莹剔透的香槟，还有从巴西运来的怒放的紫红色黑玫瑰。蜡烛燃起的那一刻，虽然众声喧哗，我却深深地感到孤独，身边没有一个人是我的至爱亲朋。

看着长长的巴西红玫瑰，我看到了自己，尽管美丽，但少了根基，周围没有适合它生长的土壤。该我许愿了，我闭上眼睛，一颗晶莹的泪珠滴在蛋糕上。大家为我祝福，只是敷衍客套。他们谈些什么都与我无关，我只是一个听众，像花瓶一样摆在那里。

杰克看出些我的心思，他想找个话题让我参与，竟然和大家谈起中国领袖的话题，顿时大家像打了鸡血，个个讥讽起中国的领袖。此时，听到众人议论的每一句话，都像鞭子抽在我的心头，我冷冷地看着大家，极力克制自己，但终于忍无可忍了，就在大家议论得起劲儿时，我猛然把酒杯重重地摔在桌子上，大喊出“STUPID！（白痴）”，然后愤然离席，冲了出去。

电闪雷鸣，倾盆大雨直泻而下，天地间一片苍茫。我站在墙角，任雨水袭打，仿佛是尼加拉瓜大瀑布，从天上兜头泼下，一股彻骨的寒意，直穿透到脚跟。我的心感到从未有过的悲凉，泪水和雨水合在一起，又凉又涩，烟雨迷茫，家在何处？我浑身颤栗着，不知该到哪里能有一个令我温暖的地方。

那个宴会就这样不欢而散。

杰克跑来，把我抱到车里。回到家中，他急忙殷勤地端来一杯奶递到我的手上。我接过来泼了他一脸，又狠狠地抽了他两个耳光。

那天晚上，我孤军奋战，毫不示弱，显得不屈不挠。最后，周老太太出面解围，让杰克向我道歉。为了表达诚意，第二天杰克还买了许多贵重礼品送我，并保证在中华人民共和国华诞之时，在《世界日报》买一个版面，印上鲜艳的五星红旗，以庆祝中华人民共和国诞辰五十周年！至此，我才算宽恕了他们的罪过。从此以后，在我参加的聚会上再没有发生过攻击中国领袖的情况。再有聚会，杰克逢人便讲：“曼妮爱中国，不许说中国不好，她是红娘子。”几乎他的社交圈子里都知道红娘子厉害。

日子一天天熬过去，整个家族都在掐指算计预产期，全家上下整日盼望着。春风送暖，我怀中的一颗希望之星，随着一声啼哭划破寂静的夜空，这个小家伙急火火地和我一样，提前两个月来到人间。

当我第一次看到儿子的模样，发自内心地喜欢，我眼睛不眨地望着他。孩子出生第一次睁开双眸，舞动着四肢，白白胖胖像个浑圆的肉球。我含情凝视，初为人母的圣洁，使我感恩涕零。

听着儿子的呀呀咿咿，没有什么音乐诗歌能胜过这美妙的声音，我不知多少次对上天发出内心的感激。孩子生来就好像带着霸气，哭起来响彻整个楼宇，那声音像行动的号角，使得所有用人奔跑不止，忙来忙去。孩子取名叫吉米，小名叫吉吉。

我把爱仿佛含在口中，一天天看着宝宝成长，把我所有的柔情都给予了儿子。除了我看护吉吉，饮食起居都由保姆莉拉专门照看着，我感到很轻松。

看到吉吉给周家带来欢乐的生机，我的内心更有几分理直气壮。一晃三年过去了，幸亏有吉吉这个可爱的宝贝陪伴我，他像一颗茁壮生长的小苗，给了我无限的希望。

我和杰克没有共同的文化和兴趣爱好，除了消费还是消费，唯一任务是灯红酒绿下敷衍的应酬，为掩人耳目。他是在用爱情表演来遮盖他凄苦的心灵，我在为他的成功演出扮演着配角。这种虚伪无尽的轮回，就像在阿鼻地狱中永远地堕落。

我越来越想念北京，想北京的小吃，想北京的炸酱面，想东来顺的涮羊肉，尤其让我日思夜想的是家人，更想念爸妈。我想念朋友们，高兴时可以一起大笑，伤心时可以一起大哭，生气了可以发火大骂。在美国，我的身边没有这样的朋友。孤独经常袭上心头，莫名的惆怅，让我内心生活极度寒冷寂寞。“我有所念人，隔在远远乡。我有所感事，结在深深肠。乡远去不得，无日不瞻望。肠深解不得，无夕不思量。况此残灯夜，独宿在空堂。秋天殊未晓，风雨正苍苍。”我经常站在窗前吟诵白居易的诗，把这份伤感刻在心上，印在生命的时光里。

因为和莹莹那场风波，影响了爸妈的名声，老爷子始终不肯原谅我。他戎马一生，一言九鼎，在他领导的上上下下，提起他老人家肖云汉的名字，人人都会肃然起敬。

我也曾给他带来荣耀，但就像俗话说的：露多大脸，现多大眼。我走后，妈妈因为想我经常抹眼泪。我有四个哥哥，我尤其和四哥好，也许我俩挨得近，有共同语言，打打闹闹一起长大。记得小时候，我老说他像小狗，整天汪汪叫。四哥叫肖喜旺，为人仗义，说话不走脑子，有啥说啥。我到美国后，就全靠四哥给我通风报信儿，我一想家就和四哥煲电话粥。

七 悠悠思念

接通四哥的电话，声音飞越万水千山，来到我的耳畔，那样地亲切，那样地温暖。此刻泪水潮湿了我的双眼，声音哽咽，几度中断。四哥告诉我，爸妈身体大不如前，方便的时候回来看看吧，家里人都很想我。再说事情已过去三年了，人们不再议论那件事了，他又损我几句："你还真把自己当盘儿菜了，回来吧，听话！"

放下电话，我一分钟都待不下去了，整理一下东西，准备订机票，掐着指头给亲友买礼物。

吉吉在地上跑来跑去，样子像南极冰雪中的小企鹅，在阳光下摇晃着胖胖的小屁股，看上去可爱至极。他嘴里还不断念着："锄禾日当午，汗滴禾下土。谁知盘中餐，粒粒皆辛苦。"他会背诵很多首唐诗，都是我教的。几乎我每天都要教他几句唐诗，让他认方块字。他还会唱《外婆的澎湖湾》。我把吉吉抱起来，问他："妈妈带你去看外公外婆，好不好？"

他瞪着大眼睛问我："好，妈妈，外公外婆是谁呀？"

"外公外婆是妈妈的爸爸和妈妈的妈妈呀。"

他还小，哪里懂谁是外公外婆呢。

杰克知道我要回中国了，脸色有点儿不好看，坐在露台的伞下，燃起一只雪茄烟，满眼迷茫，嘴里喷云吐雾，一脸的沮丧。他知道我是不会带他回中国的，因为我心里还惦念着我的前夫，经常梦里会喊出他的名字：盛唐。说心里话，我的心里始终放不下盛唐，我这辈子欠他的，对不起他。梦里几回梦见盛唐在镁光灯下，携着我不认识的女人步入了婚姻殿堂，在祝福声中，把结婚钻戒套在了那个新娘手上。醒来眼泪打湿枕边。有一次，我居然抱着杰克喊盛唐。杰克深知我想的什么，心照不宣，彼此却相敬如宾。

夜幕降临了，杰克手里端着一杯蓝带马爹利XO，反复地摇晃着，掩盖他内心的孤独与痛楚，一双醉眼蒙眬，站在窗前望着我："曼妮，你不要带吉吉走，因为孩子太小，飞行时间很长，恐怕孩子吃不消。再说，中国的空气、食物和水都不好。"

"你去过中国吗？不要道听途说，中国有十几亿人口，有几个被毒死、熏死了？"我一连串的反问，使他瞠目结舌，一时憋得满脸通红，无言以对。最后，他缓和了口气："你回去会有很多事要做，孩子带回去恐怕有些不方便。"

听他用温和的语气说话，我的态度也缓和下来。我考虑良久，觉得他说得有一定道理，飞行时间太久，加之换水土，恐怕孩子会有些不适应。再说孩子一直是莉拉带着，我回中国也没有必要担心，最后我采纳了他的建议。

想到要回北京，心跳速度加快，激动得手都有些发凉，掐着指头看时间。我好想妈妈的温暖怀抱，好想爸爸那亲切慈祥的笑脸。

父母一定期盼女儿早些回家，想到此时泪眼婆娑，心好酸好痛！在美国这几年，我经常站在窗前，眼望中央公园而想起北京的颐和园，人走在第五大道却想起北京的王府井，夜晚散步在中央公园会仰望远处每个窗子透出的灯光，如果每一个橘色灯光都代表一个温暖美满的家庭，很可惜没有一盏灯火是真的属于我的。思绪不时飘回到北京寻寻觅觅。远离祖国的日子，给我最深的体会是快乐和金钱不成正比。老祖宗遗留下来的文化与你的经历，对一个人来说是多么重要，就像灵魂和肉体一样，不可分离。过去不理解海外华侨为什么老是说叶落归根，也曾抬杠调侃，“青山处处埋忠骨，何须马革裹尸还”。此时，我再也没有勇气说那些所谓的豪言壮语。亲人和我就如同鱼和水，文化与我就是瓜和秧——母亲文化已刀砍斧琢般镂刻在我的血肉之躯上。

机场，吉吉撅着小嘴和我招手拜拜！我是第一次和吉吉分开，心里酸酸的，突然吉吉大哭起来：“我要妈妈！我要找妈妈！”儿子的呼喊声，划破机场的上空，盖过一切喧闹。儿子的小手伸着要我抱，我跑出来抱起吉吉，使劲儿亲着他的小嘴、小脸。吉吉哭着问我：“妈妈不要我了吗？你为什么不带上我？”我哽咽着哄他：“妈妈永远都爱你，怎么会不要你了呢？妈妈去看看外公外婆，会很快回来的。”最后，只有含着眼泪心一横，把他交给杰克，转身出了海关，那一刻我才真正懂得什么叫母子连心。

身姿舞着弧线，与我遥遥相望。我不知多少次在不同的窗前，放眼星空，每每孤独时，总有一弯弧月悠悠相随。此时，这一弯月亮却在对我媚眼微笑，窗台上一盆洁白的栀子花与月影交相辉映。我打开窗子，风儿送来满屋馨香，凉凉地亲吻着我的脸颊。我闭上眼睛，深深地呼吸着淡淡的花香。“色疑琼树倚，香似玉京来。”风舞起我白色的真丝睡裙，我张开了双臂，掬水月在手，弄花香满袖。听着琵琶曲，喝了点儿汤，就忽忽悠悠地进入了梦乡……梦见一轮太阳喷薄而出，我离得很近很近，我张开双臂去抱，怎么也抱不着，好热呀，好热呀，一踹被子，醒了。

好久没有这样舒心入眠了，好久没做这样的美梦了。一觉醒来，一缕细细柔柔的阳光从纱帘的缝隙中照在床前，投到我的脸上。我伸着懒腰，睁开蒙眬的双眼，拉开窗帘，推开玻璃窗，金色的阳光铺满我的全身，我大口地呼吸湿润的空气，像婴儿吸吮着母亲的乳汁。

我想今天怎么去见爸妈，给他们来个惊喜。不，不行！爸妈年纪大了，怕他们受不了，高血压心脏病别再犯了。我拨通了四哥的电话，听到了四哥手机的彩铃声——张雨生的《我的未来不是梦》。四哥接起电话，问我在哪儿，“怎么来电显示是北京呢？”突然如梦方醒的腔调，“噢，我明白了，你回来了！哈哈哈……等着，我马上去接你，想死四哥了！”

“我也想死你了！”

见到四哥，我就哭了，哭得四哥也眼泪吧嚓的。四哥问：“谁欺负你了？告诉四哥，我抽他！”那样子还像小时候一样，我破涕为笑。我问四哥：“爸妈知道我回来了吗？”四哥说他打电话了。

四哥扛着东西，拉着大皮箱走在前面，我跟在后面。门开了，

爸妈都迎到了门口。见了面，妈妈泣不成声，爸爸也泪流满面。我就更别说了，委屈得一塌糊涂。家人就是家人，血浓于水，几个哥哥、嫂嫂都回来了，我给他们分发东西，各种名牌，全家老小乐不可支。我给爸爸妈妈买的都是红色羊绒外套，又顺手给爸爸妈妈一万美金，让他们拿着玩儿。爸爸说："我们要这干嘛，我和你妈要女儿。"听了这句话，我又差点儿哭出声来，强忍着把眼泪咽了回去。

爸爸妈妈老了，满头银发，眼睛片刻不离地看着我，眼神透着怜爱。妈妈一会儿摸摸我的手，一会儿摸摸我的脸，只有这一刻，我才觉得亲情无价。三哥喜乐帮我整理箱子，他是一个很内向的人，说话很少，仿佛只会笑，但心很细。一不小心，我的箱子反扣过来，里边有一双皮鞋，还有一套BOSS西装，全都散露出来。三哥说："唉呀，这么漂亮的皮鞋该不是给我买的吧？"我的脸刷的一下红了："是给盛唐的。"

妈妈赶快提议："把盛唐接来，全家一起吃饭。"看来妈妈还不习惯把盛唐剥离出去。二哥发话了："算了吧，太唐突，你知道人家愿意来还是不愿意来呀？"

二哥是个电视台的摄像，经常看不见人影，为人清高孤傲，见人不理不睬，但到关键时刻，绝对是一个大男人，十分仗义。平日里衣着打扮得怪里怪气，全身上下全是兜，我经常开他玩笑："远看逃荒的，近看要饭的，再看是摄像的。"爸爸觉得二哥言之有理，表示赞同。

大哥只会点头，就如他的名字一样：喜迎——喜欢奉迎，从来不会和谁有分歧，家里家外做老好人，明哲保身但求无过，人长得和电影里的账房先生一样，账也算得相当精细，其他概不过问。我有什么话从来也不和他说，感觉大哥木讷，不解风情。

大哥小的时候，就会攒钱。每到过年，父母都会给我们压岁钱。平日里，偶尔父母也会奖励我们，给些小零钱。只有大哥从来不花，把钱存进一个盒子里，盒子只能往里扔钱，而不能取，因为盒子只有一个小口，扔进去就倒不出来。我们经常取笑他："你攒钱娶媳妇吗？"哥哥很腼腆，每到这时，他都会很害羞地说："谁娶媳妇呀，我那是准备攒够钱买个飞机。"他所说的飞机，不过就是个玩具模型。

我和二哥、三哥、四哥，从不攒钱，有钱就花，买糖，买瓜子，买冰棍儿，能买什么买什么。有时故意在大哥面前吃，馋得大哥直咽唾沫。

不知大哥辛辛苦苦地攒了多少年，有一天，我和四哥调皮地说："我俩把大哥的钱盒子抠个窟窿，把钱倒出来，查查看有多少钱。"四哥想都没想就答应了。立即行动，拿刀子费了九牛二虎之力，把盒子底部挖开了一个窟窿，把钱倒了出来。一毛、两毛……我俩就数了起来，数字很大，总共有九块五毛钱。那个时候，九块五毛钱可以买好多零食，看着钱，我和四哥说："我俩去买一块钱的苹果吧，反正这么多钱，大哥也不会有数，再把剩下的钱给大哥放回去。"四哥绝对听话，拿着一块钱撒腿就跑去水果铺子，买了五个大苹果回来。我用纸和胶水把存钱盒底部给糊上了，放回了原处。

五个苹果摆在眼前，我和四哥高兴得手舞足蹈。四哥让我先挑，我可没有孔融让梨的精神，我挑了一个最大的，揣进兜里说给爸爸留着。四哥也挑了一个说留给妈妈。剩下三个，我俩开始解馋，每人拿一个开始吃，又脆又甜。四哥边吃边说："我的理想就是长大了去果窖工作，那里一定存放很多苹果，可以随便吃。"正吃着，二哥回来了，我把那个苹果给了二哥，二哥问都不问苹果谁买的，“咔嚓”就咬了一口。这时我说：“二哥，这苹果你吃了要给钱的。”二哥理也不理，继续吃苹果。我拽着二哥的胳臂说：“真的，你要给钱。”二哥停了下来：“行，等明天妈妈给我电影票钱，我就给你，我不看电影还不行吗？”我很高兴，答应给一毛钱就可以。

我和四哥手里还每人藏着一个苹果，揣在兜里鼓鼓的，时不时地用手摸摸，生怕跑掉，并不断地咽着口水。以四哥的个性，如果不是给妈妈留的，这第二个苹果早就下肚了。

晚上，妈妈爸爸回来了。我抑制不住心中的喜悦，从兜里拿出苹果，双手捧给爸爸。爸爸很高兴，夸我孝顺，问我哪儿来的苹果。我眨巴着眼睛，告诉了爸爸实话。爸爸瞪着眼睛，用手反复擦着苹果说：“曼妮呀，你可惹祸了，那是你大哥舍不得吃舍不得花攒下的钱。想想你该怎么办。”其实爸爸是在考验我，看我怎么处理问题。

我毫不胆怯：“爸爸，明天开始，你给我的零花钱我就不花了，把钱攒起来，攒够了还给大哥不就行了吗。”

爸爸笑了：“曼妮真能个儿，愣能把木盒子挖个窟窿，本事不小呀！”其实爸爸心里明镜似的猜到，准是四哥干的好事。

我用眼睛不断地盯着四哥，示意给爸爸是四哥干的，但我嘴上不能说，怕四哥以后不领我玩儿了。四哥低着头，不敢看爸爸，心里很害怕我把他交代出来。

爸爸经常说：“曼妮眼睛会说话。”可那一天，爸爸好像读不懂我眼睛对他的暗示，但也没有太过多地责怪我。不知为啥，爸爸反倒笑眯眯地看着我问：“曼妮呀，告诉爸爸，你从木盒子里拿出多少钱？”

“一块钱。”

之后，爸爸从他的上衣口袋里掏出钱包，拿出一块钱：“还给你大哥，要向大哥道歉。记住，以后无论谁的钱都不要随便拿一分。”之后，爸爸就用小刀把那个大苹果分了几份儿，摆在了盘子里。

四哥那个苹果迟迟没有拿出来，兜里鼓鼓的，我用眼睛反复地看着四哥鼓鼓囊囊的裤兜，想告诉爸爸四哥兜里还藏着一个。爸爸故意装不懂，在等四哥主动交出来。

晚饭时，大哥回来了，我跑到大哥身边说：“大哥，还你一块钱。”

大哥一愣：“还什么钱？”他满脸疑惑，“你没借我钱呀？”

爸爸问大哥：“喜迎，你的存钱盒子里，存了多少钱了？”

大哥眼都没眨一下：“九块五。”

我心想，大哥还真有数呀！我和四哥的眼睛对视了一下。

妈妈笑着说：“快看你的存钱盒吧，遭耗子了，被盗啦！”

大哥三步并做两步地跑过去，赶紧拿起他心爱的盒子一看，漏了！顿时满脸惊愕，急忙往出倒钱，嘴里边叨唠：“盒子怎么有个窟窿，谁挖的？”

看着大哥着急心疼的样子，我从心底感到自己错了，对不起大哥。我流着眼泪把手里的钱送到他眼前，边哭边说：“大哥，还给你一块钱，我错了。”我可怜巴巴地看着大哥，渴望他原谅。

大哥见到我哭了，边用手给我擦眼泪边说：“别哭了，曼妮。一块钱我不要了，大哥给你了。”打小大哥就哄着我，我是大哥背大的，感情绝对不一般。

爸爸对大哥的态度表示很满意，夸大哥有大哥的样子。从这件事发生以后，大哥在家里，除了爸妈，一号管家的地位就确立了。

三哥很逗："苹果在哪里？我怎么没吃到苹果呀？"看着四哥的口袋鼓鼓的，就去掏，四哥用手死死地捂着苹果，奋力保护他的战利品，无奈地说："我这是给妈妈留的。"

妈妈感动得眼泪都流出来了，一把将四哥搂在怀里说："还是我老儿子知道孝顺我。"

通过这件事，爸爸妈妈后来总结说，大哥会攒钱，二哥会赊钱，三哥看不见钱，四哥会花钱，曼妮会使钱。

现在想来忍俊不禁，童年有很多事好有趣儿。手足之情，性格各异，牵手成长，甘之如饴。如今全家人又热热闹闹地团聚在一个屋檐下，怎么不让人感到幸福和温暖呢。

这时，像个闷葫芦的大哥突然冒了句："曼妮，你回来盛唐知道吗？"真是哪壶不开提哪壶，妈妈马上打断了大哥的话说："曼妮回来了，赶快包饺子。"妈妈知道我最喜欢吃她老人家和的饺子馅，吩咐保姆去买新鲜的虾仁和上好的猪肉、鲜嫩的韭菜来。

妈妈亲自下厨指挥，全家人围在一起包饺子。小的时候，每到逢年过节，家中有客人时，妈妈都会包饺子。饺子象征着团圆。全家人聚拢在一起，有说有笑的，各有分工。通常大哥和二哥轮流擀皮，妈妈爸爸会边包饺子，边讲故事。我最喜欢这一刻，因为听什么故事都不会害怕，有全家人在身边，尤其是爸爸。在我的心目中，爸爸可以顶天立地战无不胜，爸爸就是我心中无所不能的神。

看着忙碌着的爸爸妈妈，今天却别有一番滋味在心头……爸爸白发如银，皱纹布满额头眼角，却也挡不住暮年的睿智慈祥；妈妈也银丝夹杂在褐色发髻里，尽管身体有些发福，但脸庞还是那么红润。忙碌中，妈妈不经意拨弄一下头发，在阳光下散发着亮丽的光泽。多么熟悉的动作呀，这动作在我眼中是那么经典，那么迷人，那么滋润，还如我小时候哄我睡觉，发丝拂在我脸上的温柔情思，妈妈的每一缕发丝都凝聚着对儿女无限的慈爱……爸爸妈妈，漂泊无羁的我终于回来了。

九 山水有情处

大嫂帮我放了一缸洗澡水，说泡泡澡解解乏。之后，还给我搓搓后背，一种久违了的亲人爱抚浸入肌肤，温暖的洗澡水，升腾起浓浓的爱意，使我昏昏沉沉地差点儿在浴缸中睡着了。

家，在我心中不是房子，而是爸妈、兄弟姊妹和我们凝聚成的整体。我在心中呐喊着：我回家了，我回家了！心中涌动的情愫，全写在了我的面庞。洗完澡对着镜中的自己，努嘴吻了一下，好美，依然还是窈窕婀娜。尽管做了母亲，不但没有发胖，更添了几分妩媚，沐浴后的肤色，红润娇嫩，宛若一朵盛开的牡丹花。

沉沉地大睡了一夜，第二天清晨，我没睁眼就听到妈妈的喊声："曼妮，太阳照屁股了，起来吃饭吧。"妈妈笑呵呵地推门进来，坐到我的床前。我打着哈欠，拥在妈妈的怀里，妈妈还像我小时候那样，拍着我："宝宝听话，宝宝听话，"嘴里哼起了儿歌，"风儿吹月儿明，树叶落窗棂……"我沉醉在妈妈的怀里，唱着唱着，妈妈突然不唱了，啪，打了我一下屁股：“烦人，都长这么大了！”我哈哈地笑着，保姆开门看着我：“什么事笑得这么开心？快点儿吧，饭快凉了。”其实只有我才能悟出妈妈是多么留恋我幼小时我们母女俩在一起的时光。

我边吃早饭，边琢磨着如何去找盛唐，到大学里怎么能如同从天而降，给他个惊喜，因为他的血压是正常的，不会突然晕倒。我喜欢在他面前搞恶作剧，很想看看盛唐措手不及的表情，因为我始终怀疑，盛唐永远都是理智的人，就像数学公式那样排列整齐，永远不会错乱改变。即便如此，我还是好奇地幻想着。

我一溜小跑，北京变化很大，我已不太熟悉路了。挥手打了个出租车，直向那所国人共知的名校驰去。

到了我所熟悉的校园，往昔的一切都浮上心头，这里留下了我少女初恋的脚印。多少个花前月下，我和盛唐牵手漫步在小桥流水的岸边……

如果说爱情是一座美丽的花园，初恋该是最纯美的一朵奇葩。我和盛唐相识，始于我在舞蹈学院毕业的前一年，当时各个大学之间搞联谊会。盛唐是主抓联谊会的负责人，他当时是一个数学系的老师，他有一双细而长的眼睛，仿佛一汪温情的湖水，英俊内敛。第一次见到他时，他弹奏了一首《献给爱丽丝》的钢琴独奏曲，倾刻拨动了我少女心中的琴弦，使我的心底荡漾起憧憬的涟漪。每次见到他，心如撞鹿，又惊喜又发慌，久久难以平复。自然，他也很快地注意到我，并且很快成为了我最忠诚的观众。一年，又一年，盛唐总是在我演出完，无论刮风下雨，都会雷打不动地站在剧场门口等候我。每一个季节，他都会找些时令水果，洗干净后用手绢包着，看着我品尝。有一次，他蹬车十几里路去给我买馅饼。由于天冷，为了保温，他把刚出锅的肉饼揣在怀中。后来才知道，他的前胸被烫出了水泡。记得有位诗人写道："哪个少男不钟情，哪个少女不怀春。"于是，我把少女的情怀毫不犹豫地完全给了盛唐，在一个玫瑰盛开的季节，我们结婚了。

回首往昔，惆怅而酸楚，曾几何时，盛唐牵着我的手，迎来多少人羡慕赞叹。造型奇特的九曲桥，波平如镜般的湖水，如今物是人非，再没有人认识我，只有在心灵里留下丝丝缕缕的伤感。爱情，总是讲述着悲悲喜喜的故事，延续着永恒……

我直奔数学楼，但盛唐已不在那里了，我的心紧缩了一下。再问方知，夫子升官了，做副院长了。看来祖国进步了，终于发现我们的老夫子还是有能力的。我跑到他的新办公室门前，上面挂的牌子十分醒目："副院长"。我的心怦怦跳，有点儿不知该叫他什么了，叫盛院长？别扭；叫盛唐？有点儿不顺嘴了。嗨，管他三七二十一，不管怎么变，我都是他的结发原配。

鼓足勇气，伸手咚咚地敲门，就听到老夫子那熟悉的音调："进来。"我开门进去。盛老夫子看来没有精神准备，就见他满脸惊喜，五官错位到了不知放哪儿的程度，像化学元素周期表排列得乱了。那一刻，我窥到了他的内心，他还在深深地爱着我。

我把手里拎的西装、身上背的LV挎包全都抛在了地上，跑过去扑进他的怀里，使劲儿地搂住他的脖子，就听到他的心脏咕咚咕咚地跳。他开始疯狂地亲吻我，我的口红蹭了他满脸满嘴。一阵急促喘息的激情过后，我俩又一同捡起丢在地上的东西，放到沙发上。他又恢复到以往的冷静，理智告诉我们，这是办公室。我们默默地相视了许久，还是我打破沉寂："你有女朋友了吗？"他涨红了脸，好不容易甩出来一句："无聊！"

我把西装和皮鞋又拿到他的办公桌上：“我亲自给你选的，不知你喜欢不喜欢。”

我很清楚盛唐的身材尺寸和鞋子的大小肥瘦。盛唐连声说：“谢谢！谢谢！”语气里透着百感交集。我又把吉吉的照片拿出来给他，背面写着生日时辰。他的手有些颤抖，看了又看，用疑惑不解的目光盯着我：“送给我的？”我认真地点头。他随手把照片摆放在了他桌子的玻璃板下，忍不住目不转睛地又看了许久，习惯地眯起眼睛。他是搞数学的，是不是又在算计什么？他从来都是想的多，说的少。他欲言又止，细小的汗珠从他的鼻尖上渗了出来。我了解他，每到他内心波涛涌动之时，他就会鼻尖冒汗。果然，他又很快地从玻璃板下把吉吉的照片拿了出来，马上揣进了怀里，像试探的口气，又像自言自语：“拿回去给我父母看看。”

我急忙打岔：“哎呀，我饿了！”

盛唐抬起头看着我，好像要把我看进眼睛里：“饿了？马上去吃饭吧？”

“好呀。”我的肚子叽里咕噜在响应，我喜欢吃什么他是了解的。

他拿起电话，把公事安排了一下，我们就下楼走出了校园。他轻车熟路地带我走向一个胡同，我看见了那个熟悉的招牌，大声喊着：“老北京菜馆儿！”在盛唐面前，我又变得无所顾忌，像个孩子似的。此时，菜馆儿内传出老北京的吆喝声：“豆汁一碗儿，排叉一盘！”还未走进门口，就闻到火锅涮羊肉的麻酱香气。穿着唐装的服务小姐热情地喊着：“客人两位！”远处回应道：“好嘞！”多么熟悉的乡音呀！桌椅古香古色，烧烫的高脚炉子，一壶热茶放到眼前，久违的亲切感拥抱着我一颗在外漂泊多年的心。盛唐让我点菜，我点了驴打滚儿、羊肉片、羊肚、猪蹄、冻豆腐、粉丝、大白菜，临了还点了一串儿糖葫芦……满满一大桌子，我已把优雅抛到九霄云外，一盘儿一盘儿地大快朵颐，盛唐则一遍遍地擦汗，那动作仍然没有丝毫改变，一切如昔日重现……

自从去大学造访盛唐之后，大学生活的往事一幕一幕地在眼前播放，唤起我对学生时代的留恋和感叹。同学之间的纯真友谊是那样纯粹，走入社会之后就不可能再找到了。感叹时光飞逝，花开花落，岁月流淌，仿佛弹指间拈花一笑，如花美眷，也敌不过似水流年。我想到归宿，免不了又想起盛唐，我们还能重归于好吗？一想到他那古板的个性，我的心紧缩了几下。我反复问自己，生活不是演戏，可以反复编排，正如妈妈常说的："生活就像音乐，每一天都是一个音符，是生活的积累谱成了乐曲，有喜有悲。如果想把人生的乐章唱好，就不能跑调，办事不能离谱。"盛唐今非昔比，会不会旧调重弹？我能不能拿着一张旧船票，再上盛唐的那条船……山水若有情，总会殊途同归的，顺其自然吧……想着想着，不由得想起我的同窗好友蒋晓婉。

当年在舞蹈学院读书时，同学都叫我俩"泥碗"，因为我的名字有个妮（泥），她的名字有个婉（碗）。同学们还称我俩为校花：如果我是一支浑身带刺的玫瑰，她就如含露娇羞的兰花，静静地弥漫着似有若无的馨香。她性格比较内向，家在苏州，我喜欢听她讲话，吴侬软语，委婉可人，我俩是无话不谈的好姐妹，我经常把她领回我家，爸妈也很喜欢她。

可惜的是，毕业后她也没跳几天舞蹈，就嫁给了一个商人。她是同班同学中第一个走进奢侈品消费队伍里的人。我走时，也没有和她告别，因为觉得她正沉浸在甜蜜的爱情中。我在美国孤独寂寞时，经常想起她……

三年多没见到她了，她生活得怎么样？我要去看看她。没有打招呼，径直闯进她的公司，她在她先生雷震的公司里做文秘。

我走到前台，小姐带着职业微笑打招呼："请问你找谁？"

"蒋晓婉。"

"有预约吗？"

"没有，我是她的同学肖曼妮。"

小姐把我领到会客室，倒了一杯咖啡："请等一下。"

不一会儿，就听到一串熟悉的高跟鞋节奏声"哒哒哒"地来到门口。晓婉见到我惊讶地喊起来："曼妮！"我俩紧紧地抱在一起，"该死的，你走的时候为什么不告诉我一声？"

"嗨，当时我很狼狈，不想让你看到我沮丧的样子，再说你那时正春风得意。"说到这，晓婉的脸上突然浮现一丝忧郁的神情。

我问："你好吗？你老公还那么忙？"

晓婉眼睛顷刻湿润了："我们离婚了。"

"啊？离婚了？"

晓婉起身拉着我："曼妮，走，我们去外面找个地方聊聊吧。"

我和晓婉来到"美幼子"日本料理。晓婉尚未开口泪先流："曼妮，你说，为什么受伤害的总是我们女人？"

我把纸巾递给她："到底发生了什么？你们俩不是很好吗？"

她拧着鼻子抽泣地说："雷震老去上海出差，公司在那边有个分公司，那边的业务量也很大，我辛辛苦苦地把守着北京的公司。有一天他从上海回来，我整理他的东西时，在一个包里发现一盒避孕套，我打开一看剩下九枚，用了一枚。我问他是怎么回事，他说是他弟弟放在他这里的。你说这可能吗？后来我们俩的感情就像多比诺骨牌，稀里哗啦就倒了。我越修复越倒，没办法，只能离婚了。他把北京的公司给了我，但大部分的业务都挪到了上海。我后来才发现，他很早就开始策划筹备了，只是我不懂。”

眼泪尽情地流淌，只因撕心裂肺的过往。晓婉的眼睛哭得又红又肿，知你者谓你心忧，不知你者谓你何求！我不知说什么才能安慰她：“晓婉，结婚以后你们没想生个孩子吗？也许有个孩子，夫妻感情会有个纽带。”

晓婉哭得更伤心了，哽咽着泣不成声：“我也努力想生个孩子，可一直怀不上。我去医院检查，说我是婴儿子宫。”

天呀！我如五雷轰顶：“会不会是我们小时候练功太苦的原因呢？”

“医生也说不出什么原因。只是我觉得我今生不可能有宝宝了。”越哭越伤心，晓婉几乎哭不出声了。她在拼命地压抑着自己的凄楚，上气不接下气。

爱情可以把一个天真活泼的少女，变成一个悲切满怀的怨妇。时间真是一个无情的驱逐者，它可以驱赶掉曾经所有的人间温情。也许是宿命，让人无法改变，也无法逃离。老套的剧情，在晓婉身上，上演着始爱终弃的故事。想当初，晓婉和雷震是那样般配的情侣，令人艳羡的幸福，竟然似烟花般如此迅速地散去。曲终人散终须一别，华丽转身举手绝情。晓婉绝望的泪水也没有冲掉她和雷震注定分手的结局。

我把晓婉搂在怀里，安慰她：“我有个吉吉，他是我俩的宝宝，好吗？你忘了人家说我俩是‘泥碗’，没有泥就做不成碗，不做碗，泥只能脱坯了，就不能成漂亮的‘泥碗’了。”

晓婉停止了哭泣，抬起头问我："吉吉漂亮吗？"

"可漂亮了，又聪明又漂亮，是一个小帅哥。"

"你带回来了吗？我啥时候去看看他？"

"我这次回来没带他，看看什么时候把他接回来，让我爸妈也看看外孙子。"

"嗨，当初雷震告诉我，他今生什么都可以不要，只要我。我还问过他，假如我不能生孩子，你也爱我吗？他说要孩子干什么，你就是我的孩子。"

我急忙打断她："呸呸！你也是乌鸦嘴，说这些不吉利的话干什么嘛！"

"可能是冥冥之中的事吧！我想雷震就是因为我生不了孩子，他才移情别恋的。世界上最不能相信的语言就是恋爱时的信誓旦旦！"

婚姻这东西就是一个甜蜜陷阱，当你没有真的踏进去时，那种诱惑犹如熏风吹来阵阵的迷魂药，让你神魂颠倒；当你真把自己扔进去时，你即使掉进蜜罐子里也会溺死。

回来之后，晓婉陪我到处逛了几天，又恢复了我对北京的熟悉。除了购物，就是和朋友聚会，忙得不亦乐乎，有些乐不思蜀了。

想买几本书看看，我便一个人去逛图书大厦。包里的电话响了，一看来电显示是盛唐，我接起来，耳边响起那熟悉的声音："曼妮，你在哪呢？忙吗？"

"我在逛图书大厦呢，有事吗？"

"如果有空儿，你到我学校来一趟。"

"好吧，半小时后见！"我打了个车，风驰电掣般地到了校园。

我拨通电话："嗨，我到你楼下了，怎么着？"

"好，我马上下楼，你稍等一会儿。"

盛唐走出大楼，故意眯着眼睛瞄了我一会儿："看来玩儿得不错，气色很好呀！"边说边往前走，我跟他来到停车场。在一个僻静的老槐树掩映下，我眼前陡然一亮，只见我的爱车，安静地停在那里，并且崭新如初，擦得干干净净。

盛唐不紧不慢地说："你的'女儿'交给你，给你做伴儿，回来没车用不方便。"边说边把钥匙递给我，"车刚保养过，三年多了，它一直都休息着，每十天半月的，我都会开它出去遛一圈儿，一直在家里的车库放着，它等了你三年多了，今天你'女儿'完璧归妮。"看着我的"女儿"，我的眼泪刷一下就流出来了。不知为什么，心里奔涌着一股暖流。感情的闸门有时真是脆弱得经不住碰撞。

我接过钥匙，打开车门，挡风玻璃前台多了一朵精致的玫瑰，鲜艳欲滴地粘在仪表台上。盛唐像从前一样唠叨着："以后遇事冷静些，别动不动那么大的火气。一冲动什么都不管不顾，扔下就走。"

"说完了没有？谢谢你，把我'女儿'保养得这么好！这玫瑰真漂亮。"

"这玫瑰是仿真的，刺是软的，喜欢就好。"他把手斜插在裤兜里看着我，"我还有个会，就不多说了，改天有空再聊，有事打电话。"

"好吧，你先忙吧，我把'女儿'带走了！"我摇下车窗，"拜拜！"

盛唐一直站在那里，冲我摆着手："慢点儿，注意安全！"

开着自己的车，真像见到"女儿"，既兴奋又亲切，感觉我的爱车真像懂事的人一样，开起来顺手而舒服。我一直朝着燕莎那条路驶去，想去那里的蓝色港湾看看。

在燕莎8号公馆门前，我刚把车停好，突然有一个人从背后拍了我一下："哎呀，曼妮，我看着像你嘛，你不是去美国了，怎么在这儿碰上了？怎么样呀？"

"噢，海波哥，你发福了，你好吗？"

"好什么呀，眼睛花了，就等你的保健药呢！"

"好呀，等我给你送几瓶来。"

"几瓶哪行呀，你那药如果要真像广告说得那么好，我给你找个销售代理怎么样？走，我们俩别站在这儿，哥今儿个请你吃个饭。"热情的大手，不由分说拉起我就进了孔乙己餐厅。进了包房，还有一位他的哥们儿等在那里，海波大哥向我介绍："这是岳海龙，是鸿海公司的总裁。这位是我的妹妹曼妮，自己人。"

吃饭时，我听到海波大哥和岳海龙在谈一个部队建设保障房的项目。看到那个岳海龙对海波大哥毕恭毕敬的样子，觉得海波大哥真是有出息。

我看着他侃侃而谈的样子，脑子里在想他小时候的模样。那时候，海波大哥在我眼中就是一个不起眼的"小痞子"！可有一天，突然改变了我对他的看法，这"小痞子"还有一份浪漫。记得有一次，我过生日，他给我买了一支金星钢笔和一个漂亮的笔记本，上面还写了一首诗：

恋上你桃红绝色的唇
醉倒在你明眸一瞥
目若秋水无泪亦润

眉如远山不画而黛
倩影包裹在我心间
浪漫的堤坝已决堤
情海翻滚不能自已
宁愿有一天能埋藏在你的记忆里……

不知是他写的还是抄别人的，总之漂亮的笔记本上面，写了很多我似懂非懂的文字，我只觉得害羞，一段时间躲着他走。在我眼中，他由“小痞子”升级到“小流氓”。尽管如此，在众多的“小痞子”中，只有他在我心中留下了印记，一直保持着联系。没想到，那个“小流氓”大哥如今还真人五人六的像模像样了。

反正不关我的事，我只管吃着，享受着孔乙己餐厅的风味。席间，海波大哥怕我受冷落，还编了一个故事逗我。他问岳海龙：“我妹妹漂亮吧，从小就像个公主一样，对我吆五喝六的。我必须唯命是从。”接着又问我，“曼妮，你知道你前世是什么吗？”

“我怎么知道呀？”

“好，你就听我讲讲你的前世今生吧。”海波大哥还真能白话，讲故事讲得我跟岳海龙都听呆了。“你的前世呀，是一个修行很好的小尼姑。有一天，小尼姑下山化缘，路过一条河，在过一个独木桥时，不小心掉进河里了。你拼命挣扎，在河里扑通着。岸边有很多人喊着：‘有人掉水里了！’可谁也没有下水相救，眼看小尼姑就沉下河底。说时迟那时快，来了一个小伙子，二话没说，飞身来个鲤鱼跳龙门，扑通一声，跳下水去把小尼姑救上了岸。小尼姑人事不省，奄奄一息，他放下你撒腿就往村里跑，大家还在围着看。又来了一个人，看小尼姑满脸青紫，感觉你很冷，就把衣服脱了下来给你披上了。不一会儿那个救你的小伙子和郎中跑来了，又是控水又是做人工呼吸，三下五除二把你救活了。郎中还和小伙子一阵商量，之后背起小尼姑就送回了寺庙。这时，一个傻了吧唧的小伙子，突然发现你掉了一只鞋子，捡起就追，嘴里喊着：‘鞋子！你的鞋子！’小尼姑由于没修圆满，提前转世了。转世时，佛祖说：‘既然你尘缘未了，就再到凡尘走一遭，去报恩吧。’”

海波大哥讲到这里，戛然而止，故意卖关子，逗我发问：“接着说，以后到底怎么了，那个捡鞋子的是谁呀？”

海波大哥喝口茶，不无遗憾地说：“嗨！所以今生我只能拎个钱袋子，请你吃个饭，追着看你了！”我被海波大哥的故事逗得咯咯直笑。

岳海龙问：“那救人的小伙子是谁呀？”

海波大哥说：“那还用问？盛唐呗！”

岳海龙又问：“那谁是郎中呀？谁又是披衣服的小伙子呀？”

海波大哥说：“那可就要问曼妮了！”

我说：“问我？呵呵，我可不知道。”

说归说，这段因果故事从此在我的脑海里再也挥之不去。

十 舒展妩媚柔情

晚上睡觉前忽然想起一个人来，嗯，那个乔大将军——乔正宝，不知怎么就拨通了他的电话。电话响过几声，就听："你好！"我听到了他那低沉有力的声音，半开玩笑地说："报告首长，我是肖曼妮呀。"

他抬高了声音："噢，曼妮，你好吗？你能打电话给我，我很高兴，北京有什么需要我帮忙的，尽管说。"

我调皮地说："没有什么事，就是看看这个电话到底能不能打通。"

"哈哈哈，怎么会不通呢？只要是我写给你的电话一定会通。那好，如有时间的话，明晚六点半顺峰的'多瑙河'，我请你吃个晚餐好吗？"倒是军人，说话干净利落，一半儿带着自信，一半儿带着命令。

出现在我面前的他，还是那样地威武，咖啡色的皮肤，高高的鼻梁，清瘦的脸庞，有一双坚定深邃的眼睛，透着一股阳刚帅气。可能我的灵魂深处潜藏着对军人的好感，没怎么接触就顿成知己。

那个晚上，我只喝一小杯红酒，就感到浑身热血沸腾，脸红得发烫。内心的情愫汇成潺潺流水，泛起层层涟漪，欢快地诉说着自己的心里话。孤独寂寞的灵魂好像找到了寄托，迫不及待跨越心墙，喜悦直达心灵深处。

乔大将军突然笑着看我："曼妮，你还没有告诉我怎么去美国了呢。"

我不好意思地问他："你还真想听呀？"

"我为了恭听你的故事，都洗了好几遍耳朵了哦。"他很幽默。

我就把去纽约的故事说给他听。自那件事发生后，我还从没有把真相说给任何人，今天却对他一股脑儿地倒了出来，边哭边诉说自己的委屈，我和那个"撞撞"真的什么都没发生，只是好朋友。想到几年前的伤心往事，我像一个没有律师的受害人，从来没有解释的机会，因为浑身是嘴当时也说不清，只能越描越黑。直到烧了大军草料场，林冲雪夜上梁山！我是在谣言绯闻的重重包围中，逼得走投无路，才背井离乡，去了美国。乔大将军这个铮铮军人铁骨也似乎被我哭得散了架，动情地一把将我抱在怀里，为我擦去脸上的泪水，顺手抚摸着我的卷发。我就像受伤的小鸟，依偎在他的怀中，那一刻我真想让时间停止。

从那以后，我和乔大将军会经常电话互问平安。老实说，彼此心中都有好感。很巧，晓婉说她的家里有一副挂在墙壁上十八尺巨幅油画的框子裂了，要拉去重新换一个新框，意思是想求二哥帮忙去拉。可我和二哥一说，二哥连连摇晃着脑袋说："不行不行，我最近台里太忙了，没工夫。”可一般的轿车又拉不了，我想起乔大将军，也许部队上有面包车，又有小战士年轻力壮。我给乔大将军打了电话，他二话没说，满口答应。之后，就派他的司机小豆带一个战士帮忙迅速给办了。

晓婉很羡慕我的能力，问我怎么与这位地位显赫的人物相识的，我就像讲故事一样，给晓婉描述了一番。晓婉提议，请乔大将军吃个饭，以表谢意。在她三番五次的催促下，我才给乔大将军发了邀请信息。就这样，我和晓婉商量，选定在蓝色港湾的水上公园，请乔大将军吃烛光晚宴。星空下，我们与乔大将军再次相会。

我清楚地记得那天我没有开车，坐着晓婉的车早早地到了蓝色港湾人造湖边，选了个好位子坐下来耐心地等候。晚霞映照着水面，泛起层层金波。一排排闪着灵光的水纹重叠着推来推去，轻悠悠地荡漾，这正是我此刻心情的写照。爱情需要纽带，爱意要有良机。夕阳落下，繁星开始眨着笑眼，月光带着羞涩，舒展着妩媚与温柔……乔大将军以军人的雄姿，玉树临风般潇洒倜傥地向我们走来。我把晓婉介绍给他：“这是我最好的同学蒋晓婉。”他面带微笑地向晓婉问好，晓婉很得体地伸手与他轻轻地握了一下。掏心窝子说，我多个心眼儿，很想看看乔大将军在另一个美女面前如何表现。席间，我借故去趟洗手间离开一会儿，为的是给他们两位充分的机会互留电话号码，以表现我的大度胸怀。

月光下的湖水绿得像块碧玉，夏日晚风像婴儿轻吻着面颊，桌子上的蜡烛摇曳着。乔大将军稳坐泰山，言谈举止风度翩翩，谈笑风生但绝不轻狂。我和晓婉提出很多问题听他解答，关于当前社会的、生活的、军队官兵与百姓的关系等等……他都回答得非常睿智，透着成熟、坚毅的魅力，厚重的积淀令我倾慕。

晚餐结束，晓婉叫服务生过来埋单，乔大将军举起大手一摆：“岂有此理，我一个男人吃饭怎么可以让女士埋单呢？不可以不可以！”他态度坚决，动作麻利迅速，并且没有让服务生开发票。这一细节，给我留下了很深的印象，因为很少见到身兼要职的官员这样慷慨和廉洁。

离座之后，他主动问我：“开车来的吗？要不要让司机把你们送回家呀？”我调侃地说：“为了节约能源，低碳生活，我今天没开车来，让晓婉送我回去吧，就不劳首长大驾了。”晓婉可能是被乔大将军的表现征服了，就来个顺水推舟：“我不送你了曼妮，你还是搭将军的顺风车回家吧。”

走到他的车前，他的司机急忙给首长开门，而乔大将军亲自为我护着车门，请我先上车。待我坐好之后，他才上车入座。就是在那一天，我醉倒在幸福里，只想静静地待在他身边做他的女人。真是“清风明月本无价，近水遥山皆有情”。

从那之后，乔正宝，不，我已改口叫他大宝，他也改口叫我小宝。我和大宝经常幽会在月光下，漫步在花园里。久违的情爱，唤回了我少女般娇羞的眼神。大宝牵着我的手，借着月光低头欣赏我的脸，我扬起头望着他。这一刻撞击出爱的火花，大宝忘情地抱着我，亲吻着我滚烫的红唇。那夜我醉了，醉了他，也醉了月亮。

爱就这样突然地来了，我和乔大将军都坠入了爱河，不能自拔。我们之间小宝大宝地叫。信息每天不知相互发来多少条，电话至少每天是三次。总是爱呀想呀，他有一条信息我记得：“如果我每想你一次，就会掉一粒沙子，那么北京很快就成了撒哈拉大沙漠。”我回复：“为了环保，为了天安门不被沙漠掩埋，你要停止想我。”

大宝说他宁肯解甲归田也要爱我，几乎一日不见如隔三秋，他每天要靠安眠药才能睡着，想我想得睡不着觉。后来他坦言：“小宝，说实话，第一次看见你，我感觉你像画上的人。生活中，我还是第一次见到这么漂亮的人。”

我故意问他：“那为什么你当时不苟言笑，以后也没有和我联系呀？”

大宝习惯地捋了一下头发：“我觉得漂亮不漂亮和我一点儿关系都没有，不属于我的，我不会动心。”

我更紧追不舍地问：“老实坦白，什么时候开始动心的？”

大宝拉起我的手，非常严肃地说：“从顺峰吃饭听你讲述你的经历开始心动了，觉得你不仅漂亮，内心也很善良和纯真。”

“那你就乘虚而入吗？”我故意装傻装痴地发问。

大宝紧紧地抱着我：“老实说，爱上你，我曾很痛苦和矛盾，我担心养不起你，我不能给你奢华的生活，不能给你很多钱，我只有积攒下的工资和应该享受的待遇。军队是一支特殊的队伍，有严格的组织纪律要求，我经常会下部队视察，不能陪你在花前月下，你能否适应我的生活，我很怀疑。”

我仰起脖子看着他：“那后来呢？”

大宝刮了一下我的鼻子：“后来呀，我观察你是一个小傻瓜，不图钱，不图利，最重要的是，长着一个白人面庞，却是怀揣一颗超凡脱俗中国心的女子，我才死心塌地爱上了你。天上掉下来个林妹妹，老天送给我一个心爱的小宝。”

我挣脱大宝的怀抱，索性面对面地坐到他的腿上：“老公，我也真心实意和你说实话，你如果不是农民的儿子，我真不会如此爱你。因为我觉得你是凭着自己的能力当上将军的，我能想象出你是用超出别人十倍的努力在奋斗，我由衷佩服你。”大宝很感动，把头伏下深情地吻我。

爱河里的人，总是不知时光如梭。一晃中秋节来临，那是我和大宝相爱的第一个中秋之夜。我穿着粉白色的丝绒长裙，本想和大宝在美丽的玉渊潭赏月，可天公不作美，烟雨迷蒙，月儿不知躲到哪里去了。天空中飘着牛毛细雨，我扬起天鹅般长长的脖颈，踮起脚跟儿去寻找月亮的足迹，雨水一滴滴洒在我的脸上，好像细碎晶莹剔透的水晶铺在我的面庞。我张开双臂看着大宝，只是那么一瞥，大宝心醉了，把我抱了起来，跟着雨的节拍，翩翩起舞。这个中秋之夜，是我一生不能忘怀的浪漫之夜。霏霏细雨，如玫瑰香精浸润了周身，朦胧了云雾，染红了我的脸颊，醉了我的梦……

我对大宝说："北京沙化很严重，我要回美国了。"

大宝马上用手捂住我的嘴，以认真庄重的口吻问："你为什么一定要回去？能不能不回去？"见我默然不语，他急切地说，"为了北京不被沙漠掩埋，你就不要让我每天制造沙子了，把孩子带回来，我会视如己出，我们结婚吧！"见我笑了，他调侃地补充道，"为了祖国，为了北京。"大宝很会幽默，只要我俩在一起，会忘记我还是个成年人，他还是个军人。我们经常都会笑出眼泪，咯咯地笑个不停，一直笑到脸部肌肉酸痛为止。我开心，我喜欢大宝，说不清的温柔，道不尽的多情。

我问大宝为何长期孤身一人，他告诉我他的前妻不能生育，是父母当年帮忙找的同村姑娘。那时他是一个农村兵，家里很穷，穷不择妻，父母也就给包办了。好不容易熬到随军，可大宝老是调动，聚少离多。前几年，她患肺癌去世了。大宝坦言自己没怎么想那个老婆，只是觉得那个苦命的女人没跟他享什么福，挺对不住人家的。几十年风风雨雨，一个人也独惯了。

大宝接下去说："小宝，说真的，见到你才知道什么是想人的滋味儿。如果能娶上你做老婆，我这辈子就死而无憾了。有机会，我带你去看看我那些战友，让他们看看什么是美女，让我荣光一下。"英雄见惯皆凡人，我拽着他的耳朵："哈哈，色狼，原来男人都一样。"

缠缠绵绵，我们走过了春夏。但每到晚上十点，我们都会恋恋不舍地分开，因为我不能把自己全部交给大宝。在我的心里，还纠结着另外两个男人：一个是盛唐，一个是杰克。我不知道我与他们是一种什么样的关系，真是剪不断理还乱，感觉有千丝万缕的缠绕。我此时还困在说不清道不明的心牢里，还需要时间来慢慢捋清。大宝懂我，他在耐心地等待。

在腊梅花含苞摇曳的时节，北京迎来了第一场冬雪，我和大宝踏雪去爬香山。走进大自然中，我发现冬季的香山以特有的魅力展示大自然的风韵。铺在地上的红叶在白雪的遮掩下，会顽强地露出含露带珠的娇艳。造化简直就是一个魔术师，使得山舞银蛇，原驰蜡像。我仿佛站在云端里，触摸蓝天的柔美与纯净。洁白的雪花飘飘洒洒地落在我和大宝的头上、身上，像为我披上洁白的婚纱，我的脸被风吹得红红的。

大宝说："小宝，你真美！我到今天才发现什么花最美。"

我好奇地问："什么花最美？"

他捧着我的脸："心花！"

我不解："心花什么样？在哪里？"

他亲吻着我的脸："在这里，心花，你就是老公的心花，开在我心里，永不会凋谢。"

我的心像风筝，轻盈升起，绳儿攥在他的手心里，载着生命的美丽，飘出山峦，飘出沙漠，飘向绿洲，融入无垠的天际……

那一天，那一夜，我们如胶似漆地没有分开，我第一次睡在了大宝的别墅里。和他在一起，我彻头彻尾地成了幸福女人。常言道：“士为知己者死，女为悦己者容。”我像一个面团儿一样在他手中揉来揉去。躺在床上，我被他紧紧地搂在怀里。他的胸膛醇厚比山；他的心灵绵长似水。我的内心像婴儿出生般地纯净。我做了真正的小宝贝，女人的满足就这么简单。

但是，我又是一个不可名状的矛盾体，炙热的爱和钻心的痛同在心中。每当大宝谈到结婚，我就有很大的顾虑，心里还惦记老夫子，一个女人被两个男人撕扯，灵魂有被车裂的感觉。

大宝像一株繁茂葱郁的橡树，整日洋溢在春风里，勃发着他的热情和能量，感受着做男人的快感。在他眼中，我是这世界最美最美的女人，脱俗，高雅。他除了工作，其余的时间全部给了我。大宝对我没有秘密，下班回来，手机放到桌子上，对我从不设防。他谢绝一切应酬活动，每天会很准时地到家。居然有一次，他开会延迟，情急之中他跑到卫生间发信息给我，一不小心按错了键，发到他手下部长的号码上。那么肉麻的文字，我猜那个信息足以让他的部长晕倒。时至今日我都在想：在那个部长的眼睛里，大将军究竟是个什么样的形象？

我沉浸在幸福快乐的二人世界里，看到大宝穿上军装，举手投足的气派，如玉树临风，又如阅兵的统帅，我有一种虚荣的满足感。每次大宝穿好军装离开家门时，都会回来再亲亲我，再抱抱我，我会命令他给我敬军礼。那些日子里，我是世界上最幸福的女人，我和大宝每天都在分享彼此的爱。

十一 燃起生命的欢愉

幸福中，我总感到缺少个窝。虽说大宝的房子很大，但别墅周围壁垒森严，卫兵把守，总感觉阴森森冷飕飕的。只要大宝不在，我就会感到心里惶惶不安。

我在距离司令部最近的位置买了一套二百五十三平米的复式公寓，找好装修公司，设计完我就交给他们了。计划元旦前一定入住。室内完全是欧式设计。我没有告诉大宝，想给他个惊喜。无论今后怎样生活，我都要有一个属于自己搭建的窝，这是我的性格。爱情不是索取，而是给予，只有这样，才能是我心灵放飞的自由空间。

元旦前夜，我住进了新房子，一切我都很满意，我给大宝发信息，内容是请他来一个地方参观，下班后小宝在那里等你，几单元几号交代得清清楚楚。

大宝和他的司机小豆一块来了，小豆把首长送进门转身就走了。小豆是个四川兵，长得真像个小豆子，圆乎乎的，很可爱。

大宝看漂亮崭新的房子中悬挂着我的照片，他有些惊讶，又有些怀疑。我牵着他的手坐到沙发上，搂着他的脖子，坐在他的怀里，瞪眼看着他。

大宝亲了我说："你真能干，什么时候买的？"

我用充满幸福的眼神望着他："喜欢吗？"

他回答很到位："只要屋里有小宝，哪里我都喜欢，即便是一间茅草屋，何况又这么典雅温馨。"

我拉着大宝的手，看了每一个房间，大宝感叹地说："小宝，你买个房子怎么像买个玩具似的，变戏法一样。哎呀，你简直是个仙女，我成董永了。"说着，把我抱了起来，"噔噔噔"地上了二楼。对着月光，我们一起坐在大大的冲浪浴缸里。在雾水的映衬下，我的肌肤如凝脂一样润嫩，大宝在我周身涂抹着浴液……

当夜，我和大宝醉在了属于我自己的床上。

说起来，我对床格外地挑剔。因为我认为，一个人出生和结束都是在床上，很多爱情的美好也多是在床上达到巅峰，床的确能给人一种回到温柔怀抱的归属感。所以，我的床所花的钱，在整个家具中占了很大的比重。这次，我买了一张意大利原装进口的床，通体都是金色柔软的面料，宽大舒适的床头，巧妙的弧线，雍容华美。我想让大宝这个农民出身的儿子，这个大半生军旅生涯的将军，做一回骄傲的王子。

是谁点燃起你生命的欢愉？——曼妮。

是谁点燃起我生命的欢愉？——是你。

读出彼此内心的呼唤，

需要爱的勇气。
温柔滋养着你我，
纷飞无度的思绪。
惊讶发现当激情迸射，
会到达那无人知晓的疆域。
轻轻地吟唱，
生命至高的境地……

那一夜，我在大宝的怀里，沉沉地、甜甜地真正躺在自己的爱巢里进入了梦乡。

我梦见大宝穿了一身雪白的衣服，站在甲板上向我招手。茫茫的大海，战舰就要起航了，我喊着要他带上我，他挥手告诉我：“你爸爸妈妈还需要你，儿子还需要你。我不能带你走！”我哭着跑着，向战舰狂奔，一个海浪打过来，我大叫一声，把大宝吵醒了。我紧紧地抱住他，告诉他我做的梦。大宝感动得使劲儿地搂着我：“小宝，老公到死都爱你，这一天你能看到，老公到死都不会离开你。”都说女人是水做的，男人是泥做的，我的确把大宝融化了。

我和大宝有一个共同的爱好，就是游泳。我们还有一个相同处，就是在肚脐正上方都有一颗痣，他的是黑的，我的是红的。为此，他还编了一个故事讲给我听：“前世你是一条美人鱼，我是一个渔翁。有一天，我划着小船在大海里捕鱼，突然，我觉得好重，我拉呀拉，收网一看，一条美丽的美人鱼！你哭着说：放了我吧，来生我一定报答你，做你的妻子。我把你放回大海，你跃起身回头看看我，一头扎进了海里。从此，我再也没有打渔，到深山寺庙修行，归隐山林。不为成佛，只为来生与你相遇。于是，感动了佛祖，转世时给我们俩留下了记号。为了寻找你，我把一生都献给了大海。”

尽管我知道这是他编的故事，但我还是觉得我俩前世真是有缘。

我们在小区的游泳馆买了金卡。几乎一有时间，我们俩就去游泳。穿上泳衣，我会把红痣露给他看。平时他穿便装，也没人知道他是干什么的，整个小区也没人知道他是什么职务。为了大宝的身份不被人知道，我几乎不和周围邻居来往。即使是我最好的朋友，除了晓婉，再没有人知道我的老公是做什么的。我从不爱炫耀，更不想给他找麻烦。在我心中，他就是大宝——我的爱人。大宝和我在一起，轻松自在，过着离群索居，闲云野鹤般无拘无束的日子。他喜欢看我在水里像鱼儿一样游来游去，我喜欢把美丽的身姿展现给他看。

大宝越是爱我，在快乐幸福的时候，心里越是感到对盛唐歉疚。惦念盛唐时，偶尔会走神，流露出无奈之感，内心无着无落，老是放不下他。总觉得我把快乐建筑在老夫子的痛苦之上，他的今生让我毁了，打心眼儿里感到对不住他。每当我眼神发呆时，大宝都会敏感地察觉，他会想尽一切办法哄我开心，会带着我去花市买很多很多鲜花回来，尤其会买很多百合和白色的玫瑰，以至于家里满屋飘着百合的清香。我俩还经常去爱家收藏，大宝给我买好看的书画、奇异的石头。

大宝经常说：“老公对你没要求，只要你高兴，不生气，叫老公立正，老公就不稍息。”

早上大宝出门前说：“小宝，这几天老公开会，可能住到别墅了，乖乖听话，好好在家玩儿，老公一有时间就回来。有事给老公打电话。”

“好呀，正好我也想回家看看老爸老妈。”

我买了很多爸妈喜欢吃的海鲜，开车回家了。真巧，在爸妈家看到了盛唐，说来看看老爷子。爸爸特别喜欢盛唐，说他有学问、忠厚、正派。反正什么好名词都往他身上安。家里准备了一桌丰盛的菜肴，盛唐陪爸爸喝了几杯红酒。灯光下，爸爸满面红光，看着盛唐，流露着无限慈爱的眼神。

晚饭后，四哥说要到我新房子看看。我一冲动，就连同盛唐也一起拉上了。

四哥进屋就开始泡茶喝酒，像是自己家。他就是这么个人，和我从不见外，还说这房子这么大，今儿我们就住这儿吧。我也未置可否，反正大宝开会今晚也不会回来。正喝着茶，聊兴正酣，只听有人拿钥匙开门。我跑到门口，大宝已经进来了。我顿觉很尴尬，真想有个地缝儿钻进去。

到底还是大宝先开了腔：“家里来贵客了？”

我急忙做了介绍：“这是盛唐，这是四哥。”

大家都是有教养有文化的君子，彼此都很热情地握了手。盛唐彬彬有礼地说：“时候不早了，我们走吧，不打扰了。”四哥也顺水推舟，把盛唐用车送回了家。

他们走后，我一个劲儿地解释。大宝拍拍我的肩膀：“没什么没什么，老公相信你。”

我只想哭，说心里话，大宝和盛唐两个人，哪一个我都不想伤害，可事情往往事与愿违。后来听四哥说，盛唐那天回到家里，又和四哥喝了一顿酒。平时以他的酒量，一瓶二锅头没问题，可那天他醉了，酩酊大醉。嘴里一个劲儿地重复着一句话：“曼妮害人，曼妮害人哪！”

那天以后，我好久都没敢再给盛唐打电话，不知说什么怎么说。有时连我自己都搞不清楚，我和他是一种什么关系。我越来越把他当成哥哥了，越这样想，我与他越来越往亲情上靠拢。

爸爸病了，又是四哥打来电话，说爸爸检查身体时查出胆管里长了东西。我哭天抹泪地跑到医院，医生专家会诊说不像是什么好东西，最多也拖不了半年。家里的天空顿时遮上了乌云，每个人的脸上都是阴雨濛濛的。妈妈更是悲痛欲绝，一个劲儿地说要和爸爸一块儿走。

大宝知道后，买了几万块钱的灵芝孢子粉和虫草，让我给爸爸送去。他说："要不要我什么时候去看看老人家？"我很纠结，因为我不知道怎样做才更能让爸爸安心，不想让爸爸再为我增添烦恼和担忧。我便对大宝婉言谢绝："等等再说吧，这个时候越简单越好，对吗？"大宝很理解我，只好作罢。

爸爸知道大宝，但没见过面。因为爸妈心里有盛唐，所以从不表态请大宝进门，并嘱咐家人不许参与我和大宝的事儿。我感觉他还是顾虑太多，怕邻居议论，毕竟大宝的身份特殊，爸爸不喜欢背地里让人家指点，金钱地位对老人而言，都是身外之物。他认准个死理，并挂在嘴边："盛唐要饭要一块饼子，都会给你大半个，有他在，老爸死了能闭上眼睛！"

就是这"大半个饼子"把我死死地悬在半空中，最后把自己交给谁，连我自己都不知道。

十二 清冷的月光

我准备回纽约把儿子接回来，怎么也应该让外公看上一眼。和大宝商量了一下，他很通情达理，告诉我尽快返回，多陪陪爸爸。其实我知道大宝特别担心我会遇到麻烦，他千叮咛万嘱咐，说他有个极其要好的朋友在美国，关键时刻有什么困难给他打电话。

我依偎在他的肩膀上，感觉这个臂膀可以靠得住，最后拍拍他的脸："放心吧，我会很快回来的。"

回到纽约家中，已是次日晚上九点多，杰克去接的我，表现不冷不热，显得谨慎文雅。

吉吉见到我，躲在杰克的身后偷看我，我拍着手喊一声："儿子，想妈妈了吗？"

这小家伙就"噔噔"地跑过来搂着我的脖子："想！妈妈，那天我梦见你了。"

"梦见妈妈什么了？"

“我梦见妈妈和我去迪士尼坐过山车了。”我紧紧地抱着他，一滴泪珠滚到他的脸上。

“妈妈你怎么了，为什么哭了？”儿子撅着小嘴看着我。

我边擦眼泪边说：“妈妈是高兴啊，妈妈看见你高兴啊。”

吉吉好重！结结实实足有六十斤。在我的耳边叽哩哇啦告诉我他每天都干什么了，全用英语表达，看来我走后就没人再教他说中文了，唐诗也还停留在我走时的水平。用人莉拉来叫吉吉洗澡睡觉，吉吉紧紧地搂着我撒娇，执拗不肯离开我的怀抱。为了不打扰他的作息时间，我劝他：“乖宝宝要去睡觉，听话才是好孩子。”他亲着我，恋恋不舍，和我道了晚安：“妈妈明天见！”就跟莉拉屁颠儿屁颠儿地走了。

感谢上天赐予我一个可亲可爱的孩子！感谢大地给予我丰富多彩的人生，感谢儿子给予我生命的快乐，感谢在儿子的成长中给予我幸福的歌谣……

清冷的月光，慢慢地隐现在夜空中，有种残缺的朦胧感。我端着一壶奶茶，坐到茶桌前，给杰克也倒了一杯。我告诉杰克，这次来不能久留，要马上返回，并要把吉吉带走。杰克突然暴跳如雷，像头狮子冲我吼叫：“绝对不能把吉吉带回中国，你这是在做梦！”我还是第一次看到他这样对我，也第一次看到他如此失态。用人们都站在门口偷听，谁也不敢进来。我放慢语速对他说：“你听好了，孩子是我的，明白吗？我不想把话说得太白。”他变得冷静了一些，好像浑身发冷，突然扑通一下跪在了我面前：“求求你曼妮，不要把吉吉带走，他是我的灵魂。”看到他嘴唇颤抖，泪水、汗水顺着脸颊流下来，我的心软了。我把杰克拉了起来，给他倒杯水，杰克竟像孩子一样趴在我的怀里抽泣起来。

人在感情冲动时，容易诉说真言。认识这么多年来，他第一次和我诉说衷肠，谈起他和前妻的往事。

“我自幼刻苦学习，一心想继承父业，之后以优异的成绩考入哈佛大学生物工程专业。在那里，我认识了我的前妻敏户谷。她是个日本留学生，出身医生世家，她父亲是日本早稻田大学毕业的，我们很相爱。她有一双灵秀的双眼，一个娇小的身材，每逢和我在一起，她的眼睛就会笑得眯成一条缝，像弯弯的月牙儿。我很喜欢她身上那种东方女性贤淑的美。博士毕业后，我很快与她结婚了。爱情点燃起我的创业豪情，我想把豪瑞药业做得更大更强。我不遗余力地全球推广业务，每星期至少有两天我是在飞机上度过。我想给敏户谷提供最优越的生活……”

讲到这里，他的眼神突然暗淡下来，拼命地咬着嘴唇欲言又止。在我的催促下，他终于讲出了令其不堪回首的一幕。

“有一天我从南美洲回来，下飞机已是午夜了。按照惯例，我会到曼哈顿公司休息。但我思念敏户谷，迫不及待地想早点儿见到我的爱妻，于是连夜驱车赶到郊外的家中。可当我推开门时，那一幕颠覆了我的一切。我看到敏户谷和我的父亲周德森躺在床上，地毯上一片狼藉地堆放着两个人的衣裳。我一时惊呆在那里，半天我才操起台灯狠狠地砸了过去。敏户谷死命抱住我的腿，跪在地上，嘴里大声呼喊：‘周君快跑！’这一声喊，更让我看清楚敏户谷，她不仅把身体给了我的父亲，她的灵魂也在深深地爱着周德森。

“我的家庭破碎了！我离开了那栋令我伤心的房子。从那时起，我爱上了酒，以葡萄香槟酒为爱人。只有喝酒的那一刻，我才感到快乐，才感到灵魂找到了归宿。慢慢的，我离不开酒了，不再有爱，不再相信人间还有该死的爱情。”

我给杰克端起水，他喝了一口，又一股脑儿地谈起他可憎又可怜的父亲："周德森创办了豪瑞药业，他是我妈妈艾米大学的老师。从我记事起，爸爸整日忙于他的药业，飞机成了爸爸的旅馆，我很少看到爸爸度假。他像蜜蜂一样，飞来飞去盯着他的药物试验。有时会很变态，经常会拿药物在小白鼠身上做实验，连续几天关在实验室里茶饭不思地盯着看。有一次他病倒了，我去医院看他，无意中看到他的病历：'无生育能力，死精。'无生育能力？死精？我是哪来的？谁是我？我又是谁？我开始孤僻自闭，常常独自一人在暗中搜寻我可能是谁的孩子？慢慢的，我发现，其实妈妈深爱的是另一个人，那就是早期创办豪瑞药业的副总裁克鲁斯。记得小时候，我和妈妈每到夏威夷度假，总会在那里见到克鲁斯，我还看到克鲁斯和妈妈亲吻。那时我还小，懵懵懂懂地知道他们很相爱。"最后，杰克用只有他自己能听到的声音说，"我的父亲到底是谁？没有人告诉我是谁的孩子。"

房间内一片沉寂，我的心和杰克一样忧伤，看到他迷蒙的眼神，不知说什么才能安抚他的心灵。况且，我也要离他而去。只能劝他戒酒，重新开始生活。可是我毕竟和杰克一起朝夕相处了三年多，一块石头握在手中，时间久了都会温润，何况他曾给我那么多的关照。

我问杰克："敏户谷现在在哪里？"

"我们离婚后，她也离开了那幢别墅，在曼哈顿的上城区最繁华的地方，开了一个咖啡厅，叫蓝色月光。"

我顿时萌生去会会这个日本女人的念头，我想为杰克争回做男人的尊严。

清晨，吉吉来敲门，用英语问候"Good morning"。十足的小贵族模样，好讨人喜欢。吉吉皮肤很白，有点儿卷发，眼窝儿像我一样深陷，睫毛忽闪忽闪的，使劲儿地眨巴着大眼睛，好像他很知道自己的优点，让你注意他有多么漂亮。我将我的宝贝儿子抱在怀里，亲吻他的红润柔软的双唇，他很高兴地吻着我，我俩就像小鸡啄米，来回亲着。我说："宝贝儿子，今天妈妈带你去逛街好吗？"他拍着小手大声喊着："我喜欢和妈妈一起逛街，去吃冰激凌。"我坐在梳妆台前，精心地打扮了自己，穿上月白色的纱裙，脚蹬一双粉红色的小船鞋，外披一件长长的紫貂大衣，挎着一款小巧的LV坤包，牵着吉吉的手，坐进了我的兰博基尼跑车里。开始发动车的时候，杰克跑过来："你们要去哪儿？要我一起去吗？"

"不要，我和吉吉去办件事，在家等我们回来。"

车开进曼哈顿上城区，我一眼就看到了那座哥特式的建筑，上面挂了一块牌子："Blue Moonlight（蓝色月光）"。我停好车后，牵着吉吉的小手，走进咖啡厅。厅内墨绿色的窗帘，金红色的桌布，古典的吊灯下，每一个墙角都静静地坐落着各种抽象派的雕塑。一株株蝴蝶兰摆在每一张桌子上，像是在欢迎我和吉吉的到来。

我和吉吉作为不速之客，走进咖啡厅，立刻有些惊艳四座的感觉，所有的人都将目光投射过来。我特意找了一个临窗的座位，阳光柔柔地泼洒进来，有种暖洋洋的蜜意，浓浓的咖啡芳香缭绕，带我进入了一个最佳状态。

服务小姐过来热情地打着招呼，我开口就说："请把你们的老板敏户古请来，我想拜会她。顺便要一杯热奶，一杯卡布奇诺。"

小姐很好奇："热奶？"在美国很少有人喝热奶。

我说："是的，温热的奶，我是中国人！"

小姐又啰嗦："请问您怎么称呼？"

"我叫曼妮！"

一会儿工夫，从前台方向的过道里袅袅婷婷走出一位女士，一身藏蓝色的羊绒套裙，满脸微笑地向我迎面而来。直觉告诉我，她就是敏户古。走到眼前，我清楚地看到，那双笑意盈盈月牙儿眼已明显眼角下垂，椭圆形的脸庞，虽然皮肤白皙，涂着淡淡的脂粉，但已难遮掩细密的皱纹。她谦和地伸出手："您好，我是敏户古。"我站了起来，伸手握住这位迟暮美人："我叫肖曼妮，今天路过这里，顺便来拜访你一下。"然后我又对儿子说，"请自我介绍一下好吗？"吉吉很乖地说："我叫吉米，小名叫吉吉，爸爸叫杰克，妈妈叫曼妮。"敏户古满眼狐疑地望望我又看着吉吉，嘴里不停地说："好漂亮的宝宝，好可爱好可爱！"在那一刻，我看到这个女人心中有太多太多的羡慕；在那一刻，我窥到了她内心有太多太多的缺憾；在那一刻，我感觉到她和所有女人一样，心里潜藏着本能的母性善良。她让服务生献上一个大大的果盘和甜点，自己要了一杯矿泉水。

看着眼前这位日本女人，与我先前的想象完全判若两人。她始终谦恭地面带微笑，雪白整齐的牙齿浅浅地露出。她一边往吉吉盘中添着水果，一边柔声地说："我好羡慕你，有这么可爱的BABY。"

"你也有可爱的宝宝吧？"

她轻轻地摇摇头，顿时眼中噙满泪水："我和杰克离婚后就没有再婚。"

我深表歉意地说："对不起，我不该伤你的心。"

她仍抿着嘴微笑着："没关系，没关系。"

我突然觉得作为女人，自己今天的行为有点儿残忍。尽管以胜利者的姿态，喝着卡布奇诺，揣摩着此刻眼前这位女人的心思，但我的内心对眼前这位小巧谦恭的敏户古，油然生出几分怜悯。突然感到自己成了强弩之末。

敏户古的脸上泛出一层红润，声音从嘴角轻轻地溢出：“我和杰克婚后并不幸福，女人应该得到的生命意义我都没有得到，我们的夫妻性生活从来没有成功过。”此刻，她似乎不经意的话语，却使我感到一股莫名的耻辱，像寒风袭来抽打在我的脸上，看来我没有必要再与她谈下去了，彼此心照不宣。本来是挑战而来，不料欲说还羞，不攻自破，还是撤吧。

大宝正好此时又来信息，问我在这里的近况。我便借此找个台阶向店主告辞：“对不起，我还有事，我们再会吧！”我要付费，敏户古很真诚地说：“到朋友家里，喝杯咖啡还要付费吗？”我们彼此拥抱在一起，也许用彼此的心跳声音在诉说着各自的内心。

回到家里，我告诉杰克我和吉吉去蓝色月光了。杰克的眼神散瞳样瞬间罩上一层冥想的云雾，他长长地叹出了一口气，像一副瘪了的气囊。接下去，能明显地感觉到我们两人之间变得更加客气，我和他内心的距离越来越远，像加了增速器，背道而驰了。我甚至不愿意和他坐在一起，更不想和他共同出入，突然的陌生感使我找不到曾经的一点儿影子。是啊，相爱的人远在天涯仿佛近在咫尺，不爱的人近在咫尺，却似远在天涯。杰克显示出对什么都无所谓了，他新近又添了怪异的嗜好，开始酷爱玩具了。看那样子，好像老小孩儿，他会和吉吉一起趴在地上抓着玩具玩，一玩儿就是大半天。我有点儿忍受不了，这样的男人已和傻瓜相差无几了。

莉拉叫我到另外一个房间告诉我：“杰克得了痴呆症，你多包涵，现在只是初期。慢慢就会失去记忆。”

我听了有些愕然，怎么会是这样？我问莉拉：“艾米知道吗？”

她说：“艾米早在几年前就知道的，你没来纽约之前，就诊断出来了，只是没有明显发展。”

我如梦方醒，这还能抱怨谁呢？我一直站在那里，呆呆地一动不动，任泪水冲刷我的灵魂。我全然没有勇气再提起把吉吉带走之事，我的良知改变了我的初衷，不忍心再对可怜的杰克有半点儿刺激，但愿在他短暂的记忆时光里，让我的儿子、可爱的吉吉来填补他那无尽空虚的灵魂吧。

莉拉祖籍是菲律宾人，在这个家里已有几十年了，还是少女的时候就进了周家。她比杰克大两岁，实际她已经成了周家的主要成员之一。她见证了周家的岁月历程，洞悉每个人的私密，但从来都忠于职守，任劳任怨地操持家里的大事小情，主人般地吩咐家佣们工作干活。她把一生最美好的时光，都奉献给了周家，主仆关系已变成了亲情关系。

我仔细观察了吉吉的一切生活起居，莉拉都做得尽心尽力。她对吉吉视如己出，爱得像自己眼珠子一样。

在纽约家里停留了几天，一切安排妥当后，我就返回了北京，因为我要好好地陪陪爸爸，他的时日不多了。

十三 幽幽月光下

有时医学的诊断并非绝对准确，又或许是因人而异，爸爸出人意料地度过了死亡预判期，这大概和他豁达的性格、坦荡的生死观有关。家里又恢复了艳阳高照的日子，妈妈情绪变得极好，笑声朗朗，很有底气，每天和爸爸斗嘴玩儿，两人靠打嘴仗给生活增添了不少乐趣。

早饭过后，妈妈开始给窗台上几盆花浇水，爸爸沏好一壶西湖龙井茶，给妈妈端过去一杯，放在床前的茶几上。这个习惯，他们老两口儿多年没有改变过。我梳洗打扮好，向爸妈道早安，准备出门儿。

妈妈目不转睛地看着我，显得满眼怜爱："肖云汉，当初你在莫斯科要是不遇上我，怎么会有这么漂亮的女儿？"

爸爸故意不屑地说："嗨嗨，我女儿漂亮那是像我。"

"怎么会像你呢？"妈妈争辩，"你看我女儿的皮肤那么白，眼睛水汪汪的那么大，你那么黑，眼睛……”

妈妈的话还没说完，就被爸爸打断：“我眼睛是老了，眼角耷拉了，年轻那会儿我眼睛是这样吗？你要说良心话，你说啊？”

妈妈脸上荡漾着甜蜜，深情地说：“曼妮呀，该说句真话，你爸爸年轻时那可真帅！按现在的话说就是酷！”

我搂着爸爸的脖子：“当然了，谁不说我长得像爸爸呀，我的同学都说我爸爸长得特帅。我小时候就想呀，等我长大了找对象，就照着我爸爸那样儿的找。”爸爸一声不吭地听着我和妈妈夸他，一脸的幸福。

其实关于我长得像谁，这个话题他俩已经讨论了一辈子，并且是个陈年车轱辘话，反反复复地说，目的无非就是强调他们多么多么地深爱着彼此。我知道爸爸和妈妈的感情，他们一生从来都把对方看做是自己生命的那一半儿。

从我记事起，就看到他俩有一个始终不变的动作：每当吃饭拿起筷子时，爸爸总是夹起第一口菜放在妈妈的盘子里；妈妈总是不断地给爸爸往碗里夹饭桌上最好吃的菜。最可笑的是，妈妈会经常问爸爸：“来生你还娶我吗？”爸爸会装模做样地回答：“我考虑考虑吧。”妈妈很认真地对我说：“曼妮，做做你爸爸的工作，还是娶我吧。”那样子活像两个老小孩儿。

看着爸妈俩人恩爱的感觉，我打趣儿：“我可不在你们之间瞎掺和了，我该去办我自己的事了。”妈妈很高兴地说：“去吧去吧，年轻人就要好好出去走走，别到老了，走不动了，想去哪儿都不行了。”妈妈从来都很开明，这和她的文化底蕴有关。

我开始和女友约会，圈子里合作过的导演、演员们又开始和我电话联系了。昔日合作过的一个导演找到我，让我饰演一个画家，说是女主角之一，戏份很重。主要场景在北京拍。我骨子里潜藏着戏瘾，跃跃欲试。导演云山雾罩地和我谈起剧本，我把本子拿回家。大宝一脸不悦，劝我打消拍戏的念头："小宝，演戏很快乐吗？"

"太有意思了！什么乐子事都有。"我眉飞色舞地讲起剧组里的往事，"那是在黑龙江的边境上拍戏，剧组一个女演员，戴着头套假睫毛，在拍夜戏时由于太困了，坐在树下睡着了，剧组拍完夜戏已很晚，谁也没发现她没有上车，全组就开拔了。结果天一亮村里的人围了一圈指指点点地议论着看热闹，以为她是疯子：只见她头套也掉了，睫毛也耷拉在脸上，她醒后自己也吓了一跳，'哇'一声就哭起来，村民就更觉得她是神经病了。哈哈……"我边说边笑出了眼泪。

大宝一点儿没笑，就那样表情严肃地看着我："这哪像一支创作的集体，我们军队就不会发生这样的事。"

我解释说："嗨，这不是个特例嘛。"不知怎么，看到大宝正色教训我时，就想起了爸爸，于是我把头钻在大宝怀里撒娇地说："老公，我保证拍完戏就回家。只要没戏，保证在家住，反正也不离开北京，我都好几年没和大家一起共事合作了。"

大宝对我从来都是疼爱娇宠，怜香惜玉，不忍再阻拦我，就叮咛我说："遇事留个心眼儿，不能太天真，有什么情况及时告诉老公。"他又把我揽在怀里，表情变得非常凝重，"小宝，我是不希望你受到任何伤害。"我也郑重其事地点头承诺。

于是乎，我又像以往一样，充满热情地投入到剧组的创作圈子里。毕竟三年没拍戏了，一切都有些陌生。剧组等级分得很清，大腕儿们吃的住的都和其他演员不一样，这一点我毫不在意，反正我自己会调整好。化妆拍戏时间都要配合大腕儿们的时间，其他演员一切都要听制片导演们安排，我也觉得能适应。剧组还没开机，但要求演员开始集中准备。我报到的当天晚上，说主创人员要和大家一起聚聚，到一个圈儿里人开的酒吧里喝酒吃饭。我兴高采烈地凑热闹，坐在剧组的面包车里，不知东南西北地来到了一个僻静处下了车。

这里好像是一座旧厂房改造的，吱吱嘎嘎地大门开了，我看到房子里发出幽幽的灯光，走进去不太华美，但有点儿北美的原始味道，长桌木椅，马灯悬挂，墙上挂着野兽皮毛和演员拍戏的剧照。我找了一个桌子角儿坐下来，大家开始喝酒。饭菜很简单，都是些自助烧烤类食物。熟不熟的人彼此都感觉很亲热，大家边吃边聊，有说有笑，有的已按耐不住开始放开嗓子唱歌。在嬉笑和推杯换盏间很快到了午夜时分，可众人兴致甚浓，谁也没有要撤的意思，我此时已哈欠连天，想走也走不了，因为没有开车来。这时有三三两两的人开始跳舞。导演摇摇晃晃地向我走来，约我跳支舞，不由分说把手伸了过来，我爽快地接受了他的邀请。

在昏暗的灯光下，随着舞曲旋律开始摇摆起来。导演的脸贴我很近很近，他的呼吸急促，酒后口腔的腥臭味儿让我喘不过气来。我越躲，他越往前靠，手指也开始在我的身上像蛇一样地蠕动，最后干脆就把脸贴到我的脖子上，在我的耳边说："没想到我会这样吧？我心里一直在惦记你……"我被逼到了墙角，我再也无法忍耐了。我躲着他的脸说："别这样，导演，你喝多了。"我拼命挣脱着，可他竟像狗熊一样死死地搂着我，我使足劲儿地往外推他，可能酒喝得太多，他一个踉跄跌倒在地上。我拿起自己放在桌子上的包，狼狈地跑出房外。这时大家都围向了导演，不知发生了什么事情，只有我一个人孤零零地站在院外，没有一个人向我靠近。

黑暗中，我一时不知这是哪里，我想打电话叫大宝的司机来接我，可我不知道这是什么地方。我浑身哆嗦，连嘴唇都在颤栗。我曾经激情盎然，我曾经对艺术魂牵梦萦，却在今晚被打得粉碎。无论过去我历经坎坷几番煎熬，都没有改变我对艺术的挚爱和崇拜。曾经梦里几回醉，今夜噩梦醒来迟，在这个灯光昏暗的酒吧里，你告诉我必须和这个圈子告别，必须和我曾经向往的影视艺术说再见！我的心在抽泣，我的身体在流血，我的每一寸肌肤都布满伤痕。此刻，神圣的影视艺术殿堂，在我眼中仿佛就是一节节烧焦的树枝，没有了苍翠欲滴，没有了鸟语欢歌，都变成了残花败柳！黑夜中没有人能听懂我的独语。

我打电话给大宝："老公，我错了，快来接我吧。"我边哭边道歉。

大宝急着问："你在哪里？别哭。"

"不知道这是在哪里。"

"看看边儿上有什么建筑物。"

我抬起头，四处张望："有个加油站。"

大宝说："不要放电话，老公陪着你，向加油站走，问问那里是什么地方。"

我深一脚浅一脚地向加油站走去，大宝在电话那一端说："注意脚下别摔了，慢慢走，别怕，有老公陪你。"这一段路注定是我今生走过的最黑暗的一段路，那是大宝伴我走过的一段夜路。

到了加油站，我看到了路牌。我站在寒风凛冽的旷野中，有一盏微弱的灯光照着我孑然一人。我不断地跺着脚，等待大宝的到来。天空没有星光，零零落落地飘下了雪花，但我并不孤独。我感到人格的美丽竟然与脆弱无关。大宝始终用手机和我说话，他说：

“小宝给老公唱个歌吧。”我第一次在电话里给大宝唱歌。我唱起了蔡琴那首《思念》：“化我的思念，为白云片片，飘过平原，飘过高山，飘到你的头顶窗前，默默地投给你我那爱的诗篇。一千遍，一万遍……”我真是在饱含深情地唱着，也许那是我最成功的一次发自内心的独唱。

大灯闪亮着呼啸而来，大宝和司机小豆跳下军车。我一下子扑在大宝的怀里抽泣起来，半天才抬起头看着大宝：“老公，我本想拍个戏献给你，为你塑造一个角色。可……可……”大宝把我紧紧地抱在怀里：“老公喜欢的是曼妮，是你生活中的样子，我不喜欢雕琢打扮后的假人。”

从此，我毅然决然地打消了拍戏的念头。每天和大宝沉沉地醉在幸福里，枕着快乐入眠，整日过着小鸟依人的生活，家里永远都弥漫着玫瑰园的芳香。

农历三月初二，是大宝的生日。我早上起来，走出家门，翩然于婆娑的春风里。来到北京莱太花卉市场，各种花朵的芬芳云集在一起，释放着沁人心脾的馨香。含苞待放的玫瑰，正等待着我的欣赏。我定制了九百九十九朵玫瑰，让花工制作一个船型的花盆，把鲜艳的红玫瑰和牛乳般的百合，插满船上，送到我的家中，摆放在客厅的正中央，等待大宝下班归来。

楼道走廊里传来我熟悉的大宝脚步声，我起身跃起，把家中的吊灯全部关掉，只有天花板上的水晶筒灯亮着，像天上的星星在闪烁。烛台上的蜡烛像萤火虫一样摇曳着，祝你生日快乐的音乐，萦绕整个房间。大宝推开房门，一脚门里一脚门外地愣在那里，“今天是个什么日子？”他眼睛诧异地看着我。我跑过去，扑进他的怀里亲吻他。叮咚，门铃响了，时间真巧，打开门，一个大大的塔形蛋糕送进门来。我搂着大宝的脖子，在他耳边轻轻地说：“老公，感谢你的生命给我带来的欢快！祝你生日快乐！”大宝恍然大悟，深情地吻着我，动容地说：“小宝，我从来没有这么幸福浪漫地过生日，谢谢你！我的小宝，我的老婆。”大宝拉着我的手，坐在餐桌旁，大宝从他怀中的口袋里掏出一个红心形的小盒，从里面拿出一枚钻戒，拉着我的手，小心翼翼地戴在我的无名指上，“小宝，我们想到一起了，就在我生日这一天，我要请你嫁给我，老公会爱你一辈子，我会牵着你的手，走完美好的人生。”可偏偏我的手指太细，钻戒的指环太大了，感觉会随时脱掉。于是我便说：“老公，谢谢你，这个指环有点儿大了，戴在中指比较合适，就算订婚吧。”大宝脸上稍稍掠过一丝遗憾：“等老公再买个更好的吧。”我知道这是大宝有生以来花的最贵的一笔钱，也是他一生中第一次刷卡。他用他的工资卡买下他心中最想要的礼物，价签上标着二十一万。

我看着手上原有的钻戒，想起了不堪回首的往事。当年我在纽约并没有和杰克办理任何手续，更没有举行什么仪式，我蓦然明白，其实我和杰克并不存在实际的婚姻关系。我摘掉了戴在手上七年的钻戒，感到心灵得到了解脱，终于卸掉了心中沉重的十字架。

那一个晚上，烛光整整摇曳到天明，月牙儿悠悠地在天空中慢慢地行走，望着我们享受着生命韵律，聆听着生命的欢快乐章。荡漾在水乳交融的情感中，多少柔情缱绻，多少柔情蜜意，醉了星光，羞走了月亮……

十四 樱花含泪滴血

“五一”长假，我和大宝到了青岛，住在八大关的一个别墅里。满目的樱花，含泪滴血，绚丽得让我感到心颤。我和大宝漫步在樱花园里，翩然于盈盈的春风中，姗姗徐行。纷纷扬扬的花瓣儿，洒落在我们肩上，暗香缭绕，轻盈柔婉。突然一瓣樱花，飘落在我的脸上，我轻轻地将它捧在手心上给大宝看：真是樱花雪，不浓烈，不矫情，清新典雅，尽管它飘落一地，也是那样韵致盎然。我张开双臂，追随着樱花雪的香韵，沉浸在花开花落的春光里。我醉了，我完全醉了，醉得全然忘记了归途。

大宝由于身份特殊，走到哪里都有秘书和司机跟着，但还是给了我们一段儿自由的距离。我们聆听完花开的声音，又攀登层层叠叠的青山，去了崂山最高处。坐在泉水旁，我把脚伸进潋滟的泉水里，小鱼用嘴咬着我的脚趾，痒痒的感觉，我和大宝像两个孩子，用石子打着水漂。极目远眺，一览众山小，那种释放超脱，放逐与遐想，很想一生都凝聚在这一刻，让思绪游荡在这自然的诗意乐章里。五月的阳光到了中午，好暖好暖，大宝把外衣脱下，我懒洋洋地躺在大宝的怀里。此刻我们静静地倾听花语，嗅着草的幽香，沐浴在春阳下，融入了大自然，感动于彼此的爱恋。想起那句话：天当被地当床。那份爱是那么纯粹，没有功名利禄，只有大宝和我。

突然大宝坐起，眼中露出神秘的笑意，转身从兜里拿出一个什么东西，有意放在身后。我跃起，搂着他的脖子，去抢他手里的东西。他顺势转了一个圈儿，十分优雅地单腿跪立，双手捧出一个打开的珠宝盒，竟是一枚精美的戒指，闪亮的钻石中央，镶嵌着一颗碧绿的翡翠。他微笑着仰脸对我说："大山作证，我将爱你一辈子。小宝，我们结婚吧！"这简直就是海誓山盟最典雅的写照，舒展如云，神秘像雾。大宝就是精心把这一幕镌刻在这风情万种的明媚春光里：山水有情处，天地对饮时。我又一次被感动醉了，轻轻地闭上眼睛，扬起嘴巴，等待大宝来吻我。就在这一刻，我的手机突然响了，我笑着说："你看谁这么不懂事，打扰我们的良辰美景，我看看这是谁。"来电显示：四哥。我接起电话，四哥的哭声打破一切美好："妈妈走了！快回来吧！"我顿觉晴天霹雳，脑子一片空白，妈妈走了？妈妈去哪里了？四哥在电话里哽咽着说："妈妈坐在那里走了。"我醒过神来，电话掉在地上，我放声大哭，山的回声连成一片："妈妈！妈妈！妈妈！"凄厉的叫声响彻寰宇。

大宝搀扶我下了山，回别墅收拾好东西直奔机场。

空中一个小时的飞行时间，我觉得好慢好长，脑子里好像怎么都无法静下来思考，总觉得家里人在骗我，我多么希望他们是在骗我。飞机降落首都机场时，我的腿好像灌了铅块儿，好重好沉，软软的使不上力气。我没有一滴眼泪，大宝拉着我的手，我面无表情，麻木地向前迈步。看见三哥和四哥的臂上戴着黑纱，在机场出口等我。

大宝一同和我前往殡仪馆。

妈妈安详地睡着了，不同往日的是，妈妈每见到我时，总是泪水含在眼里，笑呵呵地看我。今天，妈妈变得无动于衷，长睡不醒。我拉着妈妈的手：“妈妈你怎么不理我？你生气了吗？妈妈你手好凉，这里太冷了，妈妈我带你回家。”我长跪不起，我只想带妈妈回家。大宝向妈妈三鞠躬：“老人家，我来看您来了。对不起，我来晚了，对不起！”我更伤心了：“妈妈对不起，妈妈对不起，女儿净让您操心了。”大哥、二哥把我拽起来，两个嫂子哭着告诉我说：“妈妈走得很安详，正看着电视就走了，没有遭罪，妈妈人善良，修得好。你别太难过了。”

妈妈一生从事教育，她的故乡在莫斯科。当年，爸爸到苏联留学与妈妈相爱，妈妈不顾当时中国的贫穷落后，大学毕业后毅然决然地跟随爸爸来到中国，把毕生的心血都献给了中国的教育事业，如今桃李满天下。当年“文化大革命”，妈妈被打成苏联特务，她从不惧怕，她坚信好人永远是好人。无论经历什么艰苦岁月，她都没有改变对爸爸的爱。

妈妈的葬礼很隆重，二哥所在的电视台来了许多人；大哥的朋友不多，但也来了几位领导；三哥平日老实巴交地干些实际事，来了许多帮忙做事的人；四哥的哥们儿最多，呼啦啦的好像尽是他的三教九流的哥们儿。

在妈妈的灵前，始终站着一个年轻男子。他默默无语，时而抽泣落泪，就那样呆呆地陪在妈妈的遗容前，静静地守着。看见这一幕，尘封在我记忆深处的过往，又渐渐地拉回到眼前：

那是我上小学二年级的时候，爸爸在边陲驻防，那里小镇不大，街边儿上，经常会有农民摆地摊儿，偷偷把自家的农产品拿出来卖给城里人，换些钱，买油盐酱醋。

深秋了，早上起来，黑土地上铺了厚厚的一层白霜。妈妈说："曼妮呀，天冷了，不要臭美了，该穿棉裤了。"我说："好呀，妈妈你给我买瓜子儿我就穿棉裤。要是瓜子儿是饱满的，证明就该穿棉裤了。"妈妈随手掏出一元钱："去吧，买十碗瓜子儿。"那时，瓜子儿是一毛钱一小茶碗，当地就是那样交易的。

我拿起一个小盆儿像燕子一样飞了出去。我家房子临街，当时的农民会把家里自产的瓜子儿炒熟，偷偷地拿到街道的某个墙角卖掉换钱。

我自然知道哪里有交易，我跑到那里，看到大家都在抢着买瓜子儿，咦？今天有点儿反常，和以往的情景大不一样。每次我买瓜子儿的时候很少围上这么多人，可今天是怎么回事？我便好奇地挤了上去。

只见一个妇女流着泪对一个穿制服的人说："我是第一次出来卖瓜子儿，想卖了钱买几尺布给孩子做棉衣，孩子到现在还没有棉裤呢。"我明白了，是派出所给拍卖了，三分钱一碗，一抢而空。

我拎个空盆儿回家了，妈妈问："怎么没买呀？"我告诉妈妈："那个女的哭了，瓜子儿被拍卖了。她说她是卖瓜子儿换钱给她家孩子买棉衣。"妈妈说："快去，把她叫到咱家来！"

我跑到街角，看见她还在那里，边哭边收拾她空瘪瘪的口袋。我拽着她的衣角说："我妈妈叫你上我家去。"她睁大眼睛看着我，半天没说话，最后她很胆怯地跟着我进了我家的院门。

妈妈很热情地把她让进屋。倒了一大杯热茶，至今我还清晰地记得满屋飘逸着茶花的清香。妈妈翻箱倒柜，把我们穿小的旧衣物，全都找了出来说："拿回去给孩子改做棉裤棉袄面儿吧。"

只见那个阿姨满眼泪水，像断了线的珠子滚落下来。我傻愣愣地站在那里打量着这个满脸风霜的女人，清秀的脸庞镶嵌着端庄的五官，由于常年的风吹日晒，脸颊像涂了红胭脂，透着健康，透着质朴的美丽。事情过去，谁也没有再提起此事。

度过深秋，走出寒冬，春暖花开的端午节前一天，一个挎着筐拎着口袋的农村妇女在敲门。妈妈迎上去一看，嚷道："小周，快进来。"噢，原来是那个卖瓜子儿的阿姨。她肩上挎了一筐鸡蛋，口袋里还装着两只鸡，"都是自己家产的，过节了，来看看您。"妈妈感动得执意要给钱，小周执拗着不要，"婶子，您要是这样就是看不起俺了。"

妈妈赶紧吩咐买肉包饺子，热情地招待了周阿姨。临走，妈妈又买上二十斤白面给周阿姨带上，让她过节给孩子们包饺子。那时是粮食供应的年代，当地农民没有面粉，只有自产的玉米和稻谷。

后来妈妈就和周阿姨成了好朋友。周阿姨家在很远的深山沟里，医疗设施条件根本就没有，遇到感冒头疼，买药极不方便。妈妈经常去医务室开些常用药给周阿姨，例如止痛片、消炎药、止泻药。妈妈会非常耐心地在药瓶上贴上胶布，写上吃几片呀，吃几次呀，十分地认真细致。

我考进舞蹈学院，住在学校里，很小就离开了家，一个星期才回家一次。毕业前，有一次我回家，看见家里住了一个男孩儿，就问："这是谁呀？"妈妈介绍："你还记得你小时候，东北的周阿姨吗？这是周阿姨的儿子，叫加农。他该上高中了，我怕农村的教学质量跟不上，就让他到北京来借读上学了。学校吃得不好，就住在咱家。”我看到妈妈每天很早起来给加农做饭，因为他要上早自习。妈妈含辛茹苦给他整整做了三年饭。加农没有辜负妈妈的一片苦心，一下子考上了财经大学。

加农毕业后，第一个月的工资就寄给了为他做了三年饭的奶奶。妈妈逢人便讲：“小周的孩子出息了，加农真懂事，将来一定有大出息。”那个眉开眼笑的劲儿，绝不亚于我们几个兄弟给她带来的喜悦。

加农此时望着他没有亲情胜过亲情的奶奶，泪水悄悄地流着，无论谁让他休息，他都不肯。他说：“没有奶奶，就没有我的今天。奶奶为我做了三年饭，我就不能陪奶奶三天吗？”

妈妈的老校长来了，进来就跪下给妈妈磕了三个头。这一磕，我感到妈妈一生的成就，就定格在了那里。我没有通知朋友们，为的是不想让他们看到我伤心的样子，甚至连晓婉我也没有告诉，我是一个对人报喜不报忧的人。大宝的一些要好的战友来了一些，好多军车停在那里待用。盛唐来了，是我打电话告诉他：妈妈没了。他和我一样，泣不成声。妈妈和盛唐的感情，是不能用一句话两句话来描述的。妈妈经常拉着盛唐的手说：“你即使不是我的女婿，也是我的儿子。”此时，盛唐只有泪水。他跪在地上，拉着妈妈的手，和妈妈聊了许久，声音似乎只有他们两个人能听到。

爸爸看上去很坚强，仍是铁骨铮铮，没有过多表情流露，但所有人的伤痛，加在一起，也没有他痛，谁也不能不佩服这是他历经血雨腥风后练就的坚忍不拔。他和妈妈相濡以沫，经历过“文革”的生死考验。爸爸被专政，妈妈带着我们兄妹五个艰难地走过了那难熬的岁月。他俩牵着手走过了半个世纪，如今爸爸送妈妈先走了，也可能是爸爸心里想到：待他撒手人寰的一天，更能心安无挂。

妈妈安葬在鸟语花香的长生岭，我出钱买了一个豪华的墓地，汉白玉的围栏，有大小四个汉白玉石狮子。它依山而坐，面朝一碧湖水。

十五 馨香满园垂千古

妈妈的“七七”忌日举行得颇为隆重，我为妈妈写了一首诗，站在她的墓前朗读。妈妈活着的时候，最爱听我念诗给她听。所不同的是，以前都是朗诵别人的诗，今天我念的是我自己专为妈妈而作的诗：

浩茫向天宇，
一瓣心香和泪书。
问苍茫人何处？
问白云下的飞鸟？
问牛背上的牧童？
问伤心雨？
问暮色春树？
无尽的思念是皓洁的情愫，

满眼泪水胜似玄天瀑布！
亲爱的妈妈，你在哪里？
女儿泪眼迷向天雾。
昨日梦里我望见，
妈妈走在天堂路。

哀乐低回，庄严肃穆，整个山峦都在行注目礼，哭声震撼长生岭。四哥哭得像个孩子似的，他哭诉着那天他回来看妈妈，临走妈妈还叫住他：“老儿子，来给妈妈拉拉手。”他怎么也没想到，这将是永别。三哥永远那么认真，做什么都有板有眼，此时长跪不起，嘴里不断念叨：“妈妈缺什么给我托梦，我会常来看妈妈的。”二哥从来都很能装硬汉，唯有今天他像个被遗弃的孤儿，跪在那里呜呜地放声痛哭。我从小到大，从来没见他这样伤心过，“妈妈你走了，我都不知道去哪里过年了。妈妈没了，我不知道谁还知道我饿不饿，冷不冷。妈妈你要常来看我，不要不管我了，妈妈我想你！”说着脑袋直冲地面“咣咣”地撞头。大哥比较理性，很像长者，跪在那里表决心：“妈妈，您放心，我会照顾好爸爸，会尽力把弟弟、妹妹关照好。在凡尘您没少操心受累，到那个极乐世界，好好清心享福吧。”

爸爸始终端坐在车中不动，等我们哭着离开墓地，他才一个人步履蹒跚地上山去看妈妈，并且不要我们任何人打扰。看着爸爸耄耋的背影，人生给我的感觉扑面而来：沧桑，悲情。在这一刻，不知爸爸和妈妈都说了些什么，他们牵手走过一生，从来没有海誓山盟，但却真的做到了不离不弃，执子之手，直到今日。

全家人去墓地祭奠完回来，晚上爸爸召开了全家会议，每一位家庭成员必须参加。爸爸神色凝重地说："我和你们的妈妈共同走过了半个世纪，养育了五个儿女。我们家虽然不富有，但你们的妈妈尽心尽力地把你们一个个拉扯成人，她是一个非常称职的母亲。对我而言，她是一个非常贤良的妻子。我们俩一辈子也没积攒下什么，只有两样东西我们俩藏了半辈子。趁我还活着，给你们分了做个纪念吧。"说完，只见他手微微颤抖地把身后的柜子打开，从里面拿出一幅卷轴国画，打开来是一幅张大千的真迹画。接着，又从一个精致的小盒子里拿出一枚翡翠胸针，温润的翠，绿得晶莹欲滴，中间镶嵌一颗红宝石，在灯光照耀下，丝丝缕缕发出熠熠光芒。

爸爸清清嗓子，开始一字一句讲起了两样东西的来历："这枚胸针是我与你们的妈妈结婚时，我在苏联花掉我全部积蓄给她买下的。这枚胸针你们的妈妈一辈子藏在怀里，从没让任何人见过，只有结婚那天她带在了胸前；这幅张大千的画，是1960年，一个妇女找到你们的妈妈，说儿子结婚没钱，求你们的妈妈收下这幅画，要换两床缎子被面用。当时也不知道这幅画究竟值多少钱，只是喜欢画中的荷花，喜欢荷花的清风傲骨，更欣赏卓然飘逸的荷叶。你们的妈妈去银行取出她的三十元钱积蓄，全交给了那个妇女。从此这幅画你们的妈妈就珍藏起来，从来没给人看过。她活着的时候常说：'看到这幅画就知道怎样做人。'你们的妈妈这一辈子，就像这胸针，美丽而不张扬；像画中的荷花，大气高雅，华美坚贞。"爸爸眼中含着泪水，端起茶杯喝了一口茶，咽下时显得很费力的样子，我知道老人家此时内心深处的悲痛。

爸爸停了一会儿，声音坚定地说："我做主，这枚胸针给曼妮，因为她是我们家唯一的女孩儿。这幅画看看你们几个谁肯买下，要么就拿到拍卖行拍了吧，能拍到多少钱，你们五个平分。"

爸爸开始慢慢地把画全部展开，我们看到题款是《月色荷花》。只见明月映照下的荷塘，一柄深墨如漆的老叶，苍劲有力地斜穿整个画面，在月光的爱抚下，如伞盖低垂，而初绽的荷苞和尖尖的嫩叶却默默地伸出水面，沐浴着银色的月光，随着夜风飘逸着芬芳。我的心中腾起一阵阵热浪，在这一刻明白了妈妈为什么对这幅画情有独钟。

再看这枚翡翠胸针，它在我眼中是无价的传家宝，这是妈妈对爸爸的爱，上面留存妈妈的体温，而这幅画寓意着妈妈做人的准则。我急忙说："这枚胸针见证了妈妈爸爸的爱情历程，足以让我得到父母无尽的爱和温暖。这幅画有妈妈的灵魂，我们不能让她漂泊，不能送到拍卖行！"几个哥哥你看看我，我看看你，谁也没有说话。

我终于鼓足勇气说："爸爸出个价吧。"爸爸想了想问大哥，"你们商量一下出多少价？"他们又看来看去，最后大哥说："六百万吧，看大家同意不？"大家沉默，谁也没有反对，谁也没有买的意思，我决定就是砸锅卖铁也要买下。

一个星期后，我卖掉我积攒多年的美金，又卖掉我的全部股票，筹足六百八十万元给了爸爸，爸爸看着我："孩儿呀，怎么多出八十万？"

"爸爸，这八十万是给您的，您老人家该有自己支配的零用钱。六百万就给四个哥哥分了吧。"

"你们五个都是爸爸和妈妈的孩子，每人都有一份儿。"

"爸爸，我就不分这一份儿了，这幅画传给了我，我已经得到了您和妈妈的全部爱。相信我，曼妮在画就在！这枚胸针和画绝不能用金钱衡量。"

爸爸眼中噙满泪水，看了我很久，努力地从嗓子眼儿里迸出一句话：“你妈没白疼你呀！”爸爸把这笔钱给四个哥哥分了，吩咐大家各自做好工作，该忙什么就忙什么，不必为他操心。

妈妈走后，明显感到家里空了一半儿，再没有往日的热闹劲儿了，妈妈在，她总能弄出个新鲜点子。爸爸爱说她是太上皇，四路总指挥，让大家忙得从不消停。我陪爸爸在家里住了些日子，老是看爸爸整天坐在妈妈的床边旧藤椅上，目不转睛地看着妈妈的照片，眼睛里露出无限的忧伤。我怕爸爸太悲太苦，伤了身体，就劝他到我那里住上一阵儿，大宝也说要我陪爸爸去旅游，一切由他来安排。可爸爸哪里也不去，好像在等妈妈回来。妈妈桌子上的这张照片，都有些泛黄了，我指着照片对爸爸说：“妈妈真漂亮！”爸爸眯起眼睛摇头说：“不，这张照片中你妈妈已没有当年我见到她时那么漂亮了。”爸爸指着妈妈的照片说，“拍这张照片时你妈妈已经二十三岁了，我第一次见到她时，她才十八岁，那才叫漂亮呀，像牡丹花一样美。”

爸爸的眼睛望着窗外，好像望向了远方，又回到了那个美丽的莫斯科大学，将时光穿越回与妈妈相识初恋的多情季节：“那天，绵绵秋雨淅淅沥沥地下着，我没带伞，一个人走在通往图书馆的小路上。有些思乡了，雨珠像诗人的眼泪滴了我满身满头。我像一个疯子一样高喊着：‘让暴风雨来得更猛烈些吧！’突然一把伞罩在了我的头上，一个美丽的姑娘翘着脚举着伞。我惊住了，这么美艳绝伦的姑娘从天而降，天恩施我呀！”

看到爸爸发自内心对妈妈的赞美，如此感叹，我能看到他内心藏有多少对妈妈的留恋与思念呀！莫斯科大学图书馆花园里的香花绿草，蘸着多情九月的雨，有一串美丽的故事，弥漫馥郁的心潮，漾起一个个精灵，撞在爸爸的胸怀里……我想起了叶芝那句诗：“当你佝偻着，在灼热的炉栅边，你将轻轻诉说，带着一丝伤感：逝去的爱，如今已步上高山，在密密群星里埋葬她的赧颜。”

大嫂和大哥搬回家里陪爸爸，保姆已经在我们家住了有些年头了，一直在侍候二老，所以爸爸的饮食起居没有太大的改变。改变的是爸爸的个性，他的话越来越少，几乎看不到他的笑了。我深深地知道，生活对他而言，已没有了兴味。

十六 噩梦环绕

我想回纽约把吉吉带回来，因为我知道杰克已去了医院，他已什么都不认识了，完全失去了记忆。我在电话里和周老太太交流了一下我的想法，也许把吉吉带回来，爸爸会对生活有点儿兴趣。周老太太半天没有回答，许久她才问我："你爸爸那儿你想到了，难道你就不为我想想吗？你爸爸他还有你，我还有什么？"停顿一会儿，她突然抽泣地叫我，"曼妮，目前企业面临资金困境，你能不能帮我分一下忧，能不能找银行给贷款？如果哪家银行肯贷款，让我们走出暂时的困境，我会把企业考虑迁到北京，那样我会常住北京的。你想想，吉吉不就会永远在北京留在你身边了吗？就算你可怜可怜我好吗？"

说起周老太太也是够可怜的，她表面活得光鲜亮丽，实际每天都像热锅上的蚂蚁，活在商场激烈竞争的平台上。企业的高速运转几乎每日每时都可能压倒她这个年迈的老妪，而唯一的儿子杰克还患有痴呆症。自打和周老太太通完电话后，心中顿生恻隐之情。当年毕竟是艾米在我最尴尬的时候，出手帮我，为我担保办理各种手续，把我带到美国。中国人常说，滴水之恩，当涌泉相报。

我有报恩的冲动。

我拿起电话给海波大哥打了电话："喂，海波哥您好，我想把保健眼药给你送去，您吃吃看效果怎么样。"海波大哥安排当晚我和他还在8号公馆的孔乙己餐厅见面。

见到海波大哥，我就把周老太太的意思诉说了一遍，他很感兴趣，他说让岳海龙的房地产公司作担保，向他的银行贷款，可以通过合作的方式注资。我当晚就给周老太太打了电话，三天后艾米就飞到了北京。他们接洽以后，我就没有再过问，因为我不想搅和这盆水，我对生意场上的事不明白，也不感兴趣，只想知恩图报。周老太太和海波大哥他们进展得很顺利，至于岳海龙和艾米如何合作，我就一概不知了。

我已好长时间没去做足浴了，想去泡泡脚。我开车拐进了国贸一家韩国足浴馆，那里的SPA很讲究，一整套的专业服务，有玫瑰香薰，还有奶盐搓背、精油护理。我打算享受完，回家看大宝。一脚门里一脚门外，偏偏遇见了几年没见的"撞撞"和莹莹。略微踌躇，我伸出手和"撞撞"相握。莹莹很尴尬，我却打破僵局，主动再度伸手："莹莹你好！"毕竟数年已过，时过境迁了，莹莹很快热情地用双手握住我的手，连声地说："晚上咱们一块儿吃个西餐吧！"冤家宜解不宜结，我也要识相嘛，便答应洗浴完后一起吃个饭。

中国大饭店的西餐厅，昏暗的橘色灯下，莹莹和"撞撞"已坐在那里了。我们互相问好后各自点了自己喜欢的食物，我要了一个鹅肝和牛排，莹莹要了一份儿西班牙海鲜饭，“撞撞”要了一份儿法式蜗牛和意大利面。我们开了一瓶路易十三。

莹莹举起酒杯说：“合久必分，分久必合。我们老祖宗就是这么做的。我向你道歉，我误会你了，请你原谅！”

我也举起杯子：“听说你们结婚了，向你们祝福！”

“撞撞”说：“有缘千里来相会，来干杯！”

我觉得这顿饭真没白吃，有一个重大的发现，原来“撞撞”和莹莹结婚，还是周老太太做主婚人呢，可从没听周老太太说过，这让我更对周老太太刮目相看。

莹莹说：“曼妮，其实你一直蒙在鼓里，那场风波是艾米挑起的，那天是她把我叫到她的公司。”

“我怎么没明白什么意思？你说谁把你叫到公司的？”我疑惑地追问。

莹莹回忆道：“艾米先是送给我一个LV钱夹，拉着我的手，很惋惜的样子，摇头晃脑地说：‘你真是直心眼儿，就像你的形象一样，直来直去的。肖曼妮可是婀娜多姿，心眼儿也是三弯九曲的。你想呀，哪个男人会躲过这柔情似水，呵呵呵，’接着又说，‘我是董事长，但具体事项要产品研发部说了算，因为我们是合作关系，我也没有办法，所以今天送你一个小礼物，深表歉意，真对不起你了，莹莹。’嗨，当时我听了艾米这么一说，火就蹿起来了。艾米拍着我的肩膀说：‘消消火，不要生气，要学会凡事不恼不火。你要像肖曼妮一样，会喝咖啡。你看曼妮又和你的那个亲爱的浩明，去思念咖啡厅畅想未来享受生活去了。’”莹莹指指自己的额角，“这不后来就留下了这永恒的‘爱痕’了么。哼！现在想起就后悔，我们都被这个老狐狸给当炮灰了。”

莹莹连喝了几口酒，借着酒劲儿又嘞嘞开了：“我住院的当晚，艾米带来几个小报记者看我，一边把事态搞大，另一边让你处于没有后路的尴尬境地。”

我连干了三杯路易十三，又举起酒杯：“谢谢你告诉我，不然到死，我还以为艾米是我的救命恩人呢。”

“恩人？哼，你知道吗，她就是要把你搞得声名狼藉，在北京混不下去，只好到纽约给他那个儿子当玩儿伴。知道吗？我们大家都明白，只有你肖曼妮被卖了，还帮人家数钱。”

“撞撞”拦着莹莹：“别胡说了，别胡说了，事情都过去了。”

数钱，对呀，我帮她数钱！我想起海波大哥，我拿起电话给他打电话，没有通，电话关机。

大宝给我打来电话，我哭着说：“老公，快叫小豆来接我。”车停在中国大饭店了，尽管那里的停车费很昂贵，反正开不了啦，我的腿软得不像我自己的腿，嘴也不像自己的嘴。酒杯中的酒仿佛像不停流淌的小溪，沿着喉咙，酣畅地滋润到心田。好，一不做二不休，喝个痛快淋漓，天翻地覆。之后，又喝了多少杯我已不清楚了。脑子一片恍惚，腾云驾雾，雾中尽是艾米的狰狞嘴脸。我骂着追打她，可怎么也追不上，云端之中回响着她的笑声，我从雾中跌落下来，摔在地上……

醒来已是第二天中午，我躺在自己的床上，大宝利用中午时间赶回来，给我擦脸，一杯热奶放在床头：“小宝醒了，睡得好香呀。”我一把搂住大宝的脖子：“老公，我们结婚吧！”说完，泪水顺着脸颊流下来了。大宝一边给我擦眼泪一边逗我：“别哭别哭，你是老公的小宝贝。”

想起昨晚莹莹告诉我的事，周老太太那张脸老在我眼前晃：那张拉过皮的脸，五官都是动过刀子的，笑起来皮笑肉不笑，从来看不到她哪一个笑容是发自心底的，所以觉得从没看透过她的心。我恨她，恨到心里隐隐作痛，我决意报复她。

第一步就是把我的儿子带回来，让她今生再别想看上一眼。你当年挖坑让我没有后路，我叫你没有明天。我决心已下，什么都不管不顾，决定将满腔怒火化为一场神兵天降的突然袭击。我什么都不想说，只想报复！报复！

可第二天我却没有爬起来，浑身像散了架，从里到外我都感觉凉透了，像睡在冰窖里。夜里，我躺在大宝的怀里装睡，其实我根本睡不着，盘算着要不要告诉大宝。大宝很熟悉我睡觉的呼吸，他知道我没睡着，用力搂了我一下："小宝，有什么心事呀？给老公讲讲。"

"老公，我要报仇！"

"报什么仇？我听听，这个仇有多大？"

我滔滔不绝地讲起了昨晚莹莹告诉我的事。

大宝笑了："我还以为什么事呢，塞翁失马焉知非福，按理说，我还要感激周老太太呢！没有她，我能有你这个小宝吗？你能和老公在飞机上相遇吗？这是命！"

真奇怪，听了大宝的话，我也不再觉得有那么气愤了。大宝此时好像睡着了，那天晚上他睡得很香，他说每当和我在一起，就很踏实，什么都不想，万事大吉。

天快亮了，我才昏昏沉沉地睡着了。梦见杰克拿着刀追我，满身是血地追着我，喊着要杀我，我跑呀跑，腿像灌了铅，怎么也跑不动，突然一头从高山顶上摔下来。我浑身惊出大汗，令人惊恐的噩梦把我吓醒了。大宝从洗浴间跑出来，拍着我："不怕不怕，老公在呢，做噩梦了？做什么梦了？给老公讲讲。”我告诉大宝，杰克要杀我。他笑着说：“不会，不会，他都不认识你了，再说他在美国呢，别胡思乱想。”大宝俯下身亲了亲我，就去上班了。他每天都会去单位吃早餐，有营养配餐。我是个起居不定的人，“一瓯常及睡足日高时”，几点都没准儿。

电话铃响了，小豆打来的，说是给我送早点来了，我把门打开。“首长让您好好吃点儿东西。”他憨憨地一笑，这小伙子每次话未出口脸先红。小豆递进来一个篮子，里面全是我爱吃的各种小菜，其中有一盅鱼翅，还有一碗米饭。我心里很暖，看到阳光射进客厅的窗子，墙角挺立的灌木树开满紫色的花朵，有一种难以抵御的爱意缭绕着我，温润着我，昨夜邪恶阴暗的报仇心理顿时烟消云散。

我终于明白，为什么幸福的人能做到宽宏大量。

十七 拂落红尘粉黛

自打和莹莹那次见面后，她说不打不相识，又开始隔三差五地给我打电话。我这人三句好话也就什么都忘了，就经常隔长不短儿地和她一起玩儿，还把她带回家去看老爸。她这人嘴很甜，哥哥嫂子都成她的了。尤其二哥，不知为什么俩人很快就背着我开始约会了。二哥离婚后一直单身，整天在外漂着搞摄像做节目，所以家人也不太干预他的私生活。

一天，我让二哥陪我去给爸爸买按摩椅，听说德国进口的按摩椅功能多，给全身按摩会对提高身体免疫力有好处，因为二哥比较懂这方面的常识，又是电视台的，所以办事会方便些。二哥开车，他的手机在车的仪表盘下面放着一直在响，他就是不接。

我问他："二哥怎么不接电话呀？"

他支支吾吾："甭理它，我这不是开着车呢嘛。"

"要么我接吧？"我把电话拿起来，来电显示是莹莹。我心里

"咯噔"一下，他俩啥时候勾搭上的？我便问："二哥呀，是莹莹的，她找你干嘛呀？"

二哥马上说："别接，别接，等有空儿再说。"

我心里琢磨着：为什么不敢接莹莹的电话？本能告诉我，他们俩人之间，肯定没什么好事。

我的电话也响了，是晓婉。晓婉的声音很柔："曼妮，干嘛呢？"

"我和二哥去给老爸买按摩椅去，你干嘛呢？想我了？"

"我今天有点儿空儿，想问你有时间没有，一起坐坐？"

"好呀，要么去接上你，和二哥一起吃个饭吧。"

"好呀，你说什么地方吧，我自己开车去就成。"

"蓝色港湾吃川菜吧。六点行不行？"

"不见不散。拜拜。"放下电话，我突然一拍二哥肩膀，"呀呀呀，我怎么忘了这个茬口儿，晓婉怎么样？"

二哥不死不活的样儿："什么小碗大碗的，像个病秧子，一杠子打不出个屁，跟这样的人在一起，就跟半阴天似的，不敞亮，不行不行。"二哥的头摇得像个拨浪鼓。

我声音立马提高了八度："你以为你是谁呀，人家晓婉还看不上你呢！"

"哈哈，那不正好吗，免得你乱点鸳鸯谱。"

一阵郁闷，我真想把二哥踹下车。

把电动按摩椅送回家后，我就去和晓婉约会了，二哥不愿意去，我也更不愿意带他。我自己驾车，把车停好后，在车里我给"撞撞"打了个电话，告诉她注意一下莹莹，监控一下莹莹的信息，并声明：“我可告诉你了，以后发生什么，你可别赖我。”那天以后，我也开始注意二哥的手机了。只要和他在家里聚会吃饭，我都会鼓捣四哥灌他酒，之后就偷看他的手机信息。

周末，嫂子的生日，正赶上大家休息，中午就把大家都叫回来了，几个哥哥喝酒热闹起来。爸爸通常是不参与他们推杯换盏的，吃完就回到客厅喝茶。我让爸爸坐在电动按摩椅上，调试完力度后，一边看着电动椅给爸爸按摩，一边看着电视节目。

几个嫂子都和哥哥们一起喝酒聊天，平时大家工作都很忙，难得一聚。大嫂是会计，在一家会计事务所，工作蛮能干的，在家里什么事都是大嫂做得多，尤其是妈妈离世以后，大嫂搬回家住，也就更比别人多操些心。今天她过生日，三嫂、四嫂都提着礼物来为大嫂祝福，每个哥哥身边都有夫人陪坐，只有二哥要单儿，一个人显得缺点儿什么。大嫂今天显得格外高兴，她举起酒杯：“二弟，大嫂和你单喝一杯，盼着你什么时候把个人问题解决了，大嫂祝你早日如愿。”二哥也举起酒杯：“不急不急，遇到合适的再说。”说着仰头一饮而尽。

巧了，我发现二哥放在茶几上的手机一闪一闪的，呵呵，够狡猾的，自从上次我问他为什么不接电话，嘿，小子改无声震动了。我悄悄地过去一看，是个信息，我存个小心眼儿好奇心，看看谁的。一打开，发现正是莹莹发来的短信：“房间已定，亲爱的，今晚八点半在香格里拉805等你。”看完后，我怕二哥发现，就索性把那个信息打开放在那里，以便二哥及时看到这条信息。我越想越气不打一处来，一不做二不休，借口出去给大家买冰激凌，就把信息的内容打电话告诉了“撞撞”。商量的结果，我陪魏浩明一起捉奸。

二哥不知啥时候看的信息，可能是心情激动所致，他居然没注意到信息已被看过，说台里晚上有事，就先走了。我心里明镜似的，心想：哼！看你今晚难看吧！我实际并不是想看二哥的笑话，而是为“撞撞”鸣不平。“撞撞”和莹莹结婚，听说经济损失不少，顶着社会舆论压力不说，到现在他的女儿都不原谅他。莹莹不就是个搅屎棍吗？怎么又和二哥胡来了？！不捉个现行，很难制伏这个不守规矩的女人。

我没敢开自己的车，怕莹莹认出我的车牌号，打草惊蛇。我是坐着大宝的车去的，小豆开车，我让他在车里等我。小豆也不知道我具体要干什么，只是等我，车里待命，那架势颇有些狐假虎威的样子。

按照我和“撞撞”事先约好的时间，九点准时出现在大堂。“撞撞”走在前面，我有点儿害怕，也有点儿幸灾乐祸，说不清是个什么心理。“撞撞”敲门，半天没有声音，又敲了一会儿，门开了个缝儿，“撞撞”一脚把门踹开，从这一脚的力度看，他真不像个科学家，倒像行武出身。

二哥坐在沙发上，衣衫不整，莹莹穿个坦胸露怀的裙子十分狼狈地站在那里。我半进半出，进退两难。“撞撞”哆嗦了半天才吭哧出：“你这个不要脸的女人，竟干些不要脸的勾当！”之后，就掏出相机咔嚓咔嚓地拍起照来。二哥一把把“撞撞”的相机夺过来，摔在地上，叫莹莹快跑，那样子还真有点儿武松打虎的劲头。他将“撞撞”推倒在床边，“撞撞”像个小鸡子被摔得蜷缩成团。那场面一时闹得不知是谁在捉奸。二哥冲我死劲地咬着牙，狠狠地瞪了我一眼，夺门而出。我和“撞撞”悻悻然地离开那里，临走“撞撞”不忘拾起摔碎的相机，还用嘴吹了吹卡：“只要卡在，证据就在。”看来摄像师真的不如科学家聪明。但我看见“撞撞”手拿破碎的照相机，头发蓬乱，斯文扫地的样子，仿佛吹落了红尘粉黛，往日的风流倜傥，消失殆尽。

十八　奉上我灵魂

回到家里，我把这事和大宝如实说了，从来没有批评过我的大宝，这次沉了脸色，目光严肃地说我不理智，并用不无担忧的语气说："小宝，这事你办得太欠考虑，这不是把二哥给推上了绝路？二哥脾气倔强，敢作敢为，这样一来，只能给他造成没有任何回旋余地的尴尬局面。"

不出所料，"撞撞"拿着证据，把莹莹赶出家门离婚了。二哥一时冲动，泡妞把自己泡成了老公，不娶莹莹，莹莹就以死要挟。我真后悔自己愚蠢，莹莹如果成了我的二嫂，这个家就让这个害群之马非给搅和得鸡犬不宁不可，再说我又怎么和她相处呢？

考虑再三，只有大哥能劝阻二哥了，爸爸身体不好，不能再让他老人家操心，只有大哥有这面子，长兄为父嘛。我把一些有关莹莹的陈年烂事儿讲给了大哥听。大哥先是批评我："嗨，曼妮呀，不是大哥说你，你怎么老没有正经长大呢？惹祸的老是你，连这样的人你也敢往家里领？”而后他拿起电话告诉二哥，今晚必须回来吃饭！看上去还真有点儿大哥的权威。

大哥吩咐大嫂晚饭备了酒菜，全家老小又都聚齐了。三嫂和四嫂忙里忙外地帮厨，保姆看大哥的脸阴沉沉不开晴，感觉气氛有些不对，就没敢进屋。吃饭间，三嫂问：“大哥今天怎么不开心呀？发生什么事了？”三嫂是教师，察言观色揣摩推测十分敏感。四嫂平时话很少，今儿倒慢条斯理地跟着捧场：“是呀，大哥不高兴了，是不是喜旺惹您生气了？”四哥瞪着牛眼说：“你少胡扯，我怎么惹大哥了？”大哥借着酒劲儿开了腔：“老二，今儿全家都在这儿，我告诉你，你娶谁都行，就是不许把那个叫莹莹的带进家门！听曼妮说，这个女人太乱。绝对不能领进我们家，败坏了我们家的门风。”三哥在一边敲边鼓：“就是呀，这样的破鞋哪能往身上招呀？你可真没品味。”二哥的面子实在绷不住了，呼啦站起来：“告诉你们，你们可以瞧不起我，但你们没有权力管着我！”说着竟指着大哥的鼻子，“你是个自私自利的人！还有你曼妮，你是什么好东西？你害了多少人，张行长进了监狱不就是你给联系的那个美国企业害的吗？”接着又指着三哥的额头，“还有你，装孙子看笑话，整天阴阳怪气的，你们合着伙儿地损我，一扎没有四指近，我早就知道我和你们没有任何血缘关系！”

所有人全傻了，我们压根儿就不知道二哥不是我们的亲兄弟。三哥一个嘴巴抡圆了扇在二哥的脸上，二哥随手把一桌饭菜掀翻在地。乱了，乱成了一锅粥。爸爸不知什么时候出现在我们的身后，霹雷似的吼了一声：“狼崽子！”全场顿时鸦雀无声。大嫂、三嫂、四嫂几个女人急忙收拾残局，我浑身哆嗦成一团，怎么海波大哥进监狱了？二哥怎么会不是我们的一奶同胞呢？从二哥的嘴里听到这些，我才真觉得事情闹大了。

爸爸说："都给我坐好了，既然说到这儿，我也把事情讲清楚。"同时叫了二哥的名字，"喜来，至于你，怎么办都行，你妈妈活着的时候就想找机会告诉你，但始终不忍心告诉你，怕你难过。"

大哥起身，搀扶爸爸坐在了餐桌中间，一家人都围拢过来，听爸爸说起过往的事情。爸爸眯起眼睛回忆起来："那是1960年4月，天灾人祸，家家户户吃不饱肚子。我们部队拉练，一大早走到一个村口叫牛顶山，只见围了一帮人，拦住军车，说这里有一个婴儿，快死了，不知是谁扔的。

"我下了车，只见地上用草席片裹了一个男婴，瘦得皮包骨，头上长满疮，一丝不挂。这孩子就是你。"爸爸用手指了一下二哥。由于爸爸动了怒，有些气喘吁吁。我赶忙给爸爸端来热茶，爸爸喝了一口，继续说了下去："我把你抱起来，看看还有一口气。由于春寒，你浑身青紫哆嗦，我就把上衣脱下将你包了起来，迅速送往当地的医院。我向所有的拉练官兵借钱，凑够了六十元，吩咐医院全力抢救，写了我的通讯地址，部队还要继续前行。过了一个星期，部队拉练完了。我回到家中，把事情和你妈妈讲了，你妈妈就果断决定把你抱回家中，取名叫喜来，生日就定在把你抱回家的那一天：1960年4月18日。当时你大哥正在吃奶阶段，给你大哥断了奶水，接着喂你，把你喂到三岁。"二哥扑通就给爸爸跪下了，哭着说："爸爸，我错了，我不是人，请您原谅我，爸爸！"

二哥知道自己和我们没有血缘关系已很久了，他是在一次体检中发现的。我们都是A型血，爸爸是A型，妈妈是AB型，而他却是RH型血，是少有的血型。再看全家人都皮肤很白，就他像黑李逵。

但他对此仅是怀疑，从没想弄清真相，因为日常生活中，还是觉得妈妈最偏向他，有什么好吃的都留给他，所以就他长得人高马大，足有一米八五的身高。而其他三个哥哥只有一米七八上下，且没有他那么粗壮魁梧。

二哥跪在爸爸跟前呜呜地哭，谁也拉不起来。其实二哥本来也没想较真儿，只是今天赶在气头上，口无遮拦地说了气话。暴怒始于愚蠢而终于后悔。

爸爸又干咳两声，接着说："那个村子我后来又去打听过多次，看有没有来找的，并把我的地址留给了他们。前些年，我和你妈妈还专门给那里的村长写了封信，让他们帮助查找一下你的生身父母，可一直没有回音。"

二哥捂住爸爸的嘴，声嘶力竭地哭喊："爸爸，我哪儿也不去，哪儿也不去！打死我也不去！不去！"

四哥拽着二哥："二哥，你不能不认我们哥们儿啊。"

二哥抱着四哥哭成一团。我也连忙向二哥道了歉，说不该偷看他的信息，帮魏浩明的忙，办了一件很愚蠢的事。二哥也就原谅了我。从那以后，我和二哥的感情不但没疏远，反而更亲了，几个兄弟姊妹间更相互关心了。

二哥消气后的第二天，我请二哥到金钱豹吃了一顿海鲜，一个是表示真诚道歉，再有是打探海波大哥的消息。因为是二哥的发小，他们来往比较频繁，所以他定会知道海波大哥进监狱的来龙去脉。二哥说："海波有很多违规操作，和周老太太只是其中一件。"我对二哥表示："能不能去看看海波哥？"二哥瞪起牛眼："别再添乱了！没有这件事，他进去也是迟早的事，也许早点儿进去，还能免去一死，再晚进去，继续干些不着边的事，还不累计成死刑罪。”听到二哥一番批评，我的心绪也稍微平衡了些。

但无论怎样，我还是应当去监狱看看海波大哥，毕竟是一起长大的发小，并且犯罪原因里有艾米的因素，再说他已是服刑人员了。我把想法告诉了晓婉，晓婉很理解我的心情，于是帮我打听张海波关在哪个监狱里。毕竟晓婉在商海打拼多年，和一些银行方面的人很熟。她很快就了解到，张海波关在燕郊的一所司法直属监狱。

我和晓婉买了很多东西，有换洗的内衣，还有一堆吃的，不知让不让犯人收下，但不管怎样，也要备着。想到海波大哥昔日请我吃山珍海味，又因为我联系周老太太这档子事，心里油然生出无限的愧疚。我又买了几本书，都是有关人生哲理的，有《生命的诠释》《心灵自由之路》《人性的弱点》等等。一应准备完毕，我和晓婉就秘密地驱车走上了探监之路。

那天由晓婉驾车，她怕我开车精力不集中。其实路程也不算太远，在通州过去的几十公里外，但毕竟是去探监不是旅游，感觉“路漫漫其修远兮”。一路打听，几经周折，才远远看到那堵阻隔自由的高墙。高墙是善恶、黑白、自由与犯罪之界线，我想尽管大墙内可能有“低贱者”怀有高贵的灵魂，大墙外也有“高贵者”怀揣卑贱的心机，但这高高的大墙内，从法律上判决有罪是肯定的。

我的情绪顿时处在忧伤和紧张之中，为海波大哥感到惋惜，有一种翻江倒海的苍凉。高高的大墙上，有密密麻麻的高压电网，墙内矗立着威严的浅白色建筑，高高的瞭望塔上，有荷枪实弹的武警战士，伫立把守，令人不寒而栗。

经过身份审核，我和晓婉得到允许，可以探视一下张海波。走过一道很长的甬道，狱警把我和晓婉领到探监室。果然像电影里的镜头一样，我和晓婉坐到一个玻璃窗前，等待张海波的到来。

不一会儿，海波大哥穿着浅灰色的囚服，出现在我们面前，他的身后是一名神色严肃的狱警。只见海波大哥睁着一双疑惑的眼睛，向窗外张望，隔着玻璃见到是我，先是有些惊讶，瞬间一脸茫然和晦暗。海波大哥剃着平头，但仍可以明显地看到头发已全白了，额头上平添了刀刻斧砍的皱纹。面前的海波大哥，已没有了往日的潇洒，惨白略带浮肿的脸上，风采和睿智已荡然无存，甚至显得有些呆滞愚钝。他拿起电话，我却泣不成声，胸口像压块巨石，怎么也说不出话来，只是重复着一句话："对不起，海波大哥，对不起，都怨我！"

海波大哥说："别哭，曼妮，不怨你，我还要感谢你，你能来看我，我很高兴，只是不能像以往一样请你一起吃饭了。"听到这些，我更心酸了，简直是泪眼婆娑。旁边的晓婉，一个劲儿地拽我的手，示意我有狱警在旁边，我这才总算平稳住了情绪。只听海波大哥接着说："坐上了那把摇椅，每天都在旋转中，自己就很难控制自己了，即使没有和美国合资这档子事，我早晚也得进来，也许进来晚了，就该下地狱了。"这时，我惊讶地想起二哥说的话，几乎和海波大哥说的一模一样。震惊之余，也减轻了我的一些自责感。

我把几本书隔着玻璃窗举给海波大哥看，他的脸上掠过一丝笑意，到底还是读书人，到什么时候，书都会是他的朋友……时间很快到了，海波大哥被带走了，他的身影消失在黑暗里，像秋风把秋叶刮去……

我和晓婉走出监狱，已经夜幕四合，带着满身的疲惫，满腹的辛酸，驱车返回北京。路上风雨潇潇，天地间一片迷蒙。进入市区，但见繁花似锦，车水马龙，灯红酒绿，笙歌阵阵，又是一番景象。

我把去监狱看海波大哥的事讲给爸爸听。爸爸先是肯定了我的做法，接着语重心长地说："人呀，不属于自己的钱不能碰，不属于自己的东西不要看。"

他习惯地眯着眼睛，像要望到很远的地方："那是战争快要结束时，部队从沈阳往天津进发。国民党白天飞机轰炸，我们的部队只能夜间行进，汽车不能开大灯，只能开着近光灯，秘密前行，那时都是一辆辆的敞篷嘎斯车。出了沈阳，路上遇到一个妇女领着一儿一女要搭车，说要去山海关：'求求你们，捎我们娘仨一段路吧。'看着他们可怜巴巴的眼神，嗨！战乱，老百姓真可怜。我让助手帮她把两个孩子举上了敞篷车。一路之上，车行进到兴城时，下起了瓢泼大雨，雨水打在地上都打出了水泡儿。我停下车，让那个妇女和孩子下车去避雨，否则大雨会浇坏了孩子的。我们还要冒雨前行。就在汽车启动时，我发现车头旁边的脚踏板上，有个布包，里面包裹着一个铁盒子。这个布包，那个妇女始终挎在手腕上抱在怀里，可能因为下雨，下车时放在这里忘拿了。天黑得伸手不见五指，夜间行军，不能停下，到哪里去找那个妇女呢？如果汽车开走，那个妇女将无法找到我们，因为当时的嘎斯军车，没有番号。我预感到，铁盒子里绝非一般东西，掂起来分量很重。但是军队夜间行军，车停下时是不能开灯的。我咬牙冒着违反纪律的危险，考虑再三，决定把车灯打开，等她一会儿。这时就听汽车连长喊道：'肖云汉，你好大胆，怎么敢开大灯？不能停，赶快前行！'仗着我和连长是老战友，我举着包给他看：'这里头可能是值钱的家当，再等她一会儿吧，估计她会很快来找的。'

"果然一会儿工夫，那个妇女像疯子一样，披头散发地在大雨中跑过来。她气喘吁吁地说：'同志呀，你看到一个包裹没有？'

我拿起那个包裹问她：‘是这个吧？’她扑通就跪下了：‘谢谢你救了我的命，不瞒你说，这里装着我们全家的活命钱，我把家产、房子都卖了，换了几根金条都在这里了，去山海关找我丈夫。如果丢了，我还怎么有脸见他，也就该投河上吊了。’‘快起来，你的孩子呢？’‘孩子在那边的房檐下避雨呢。同志呀，你叫什么名字呀？’‘不用问，就记住我们是当兵的就行了。’”

听了爸爸的故事，我对爸爸肃然起敬。接着，爸爸像嘱咐小孩儿一样：“曼妮呀，记住爸爸的话，如果你在路边捡到一块钱，找不到谁丢的，你就可以买根冰棍儿吃，但捡到大钱，千万要找到失主归还，那可能会是一条人命呀！无论什么世道，人都不能昧着良心。”此情切切，金石为开。爸爸的光辉人格一直照耀着我……

桃李不言，下自成蹊。

爸爸在功德圆满时病倒了，好像他已完成了人生的所有任务，身体开始一天天走向衰弱，最终住进了医院。爸爸这次住院，再也没能走出来。我们全家每天往返在医院与家中的路上，四个哥哥每晚轮流陪在爸爸床前，没有一天有谁会不去。

这一天，二哥没有准时来，我们还以为他的拍摄任务没完，因为知道他最近很忙。

我只要去医院，都会坐在床头陪爸爸聊天，看爸爸睡觉。医生、护士夸爸爸的几个儿女都孝顺，说老爷子有福气，现今已很少见到这样孝顺的儿女了。正谈论着，我的手机突然响起，是电视台打来的，说二哥出事了，怎么会这样祸不单行？大哥和我急忙跑到另一家医院，二哥已在手术室紧急抢救。听电视台的领导说，二哥是从吊塔上不慎摔下来的，目前急需输血，可二哥是RH的熊猫血血型，医院没有备份这种稀有的血型。我后悔平时对二哥关心得不够，大哥急得大颗汗珠混着泪珠，顺着脸往下淌。我还从没给大宝找过麻烦，从没有让大宝使用什么特权，没向大宝提过任何特殊要求。万般无奈之下，我想到军队，我边哭边给大宝打求救电话。大宝一边安慰我，一边通过军队医院寻找RH血型。

二哥生命危在旦夕，每一秒钟都很宝贵。血，血！几乎所有亲友都来了，三哥的亲属、四哥的所有哥们儿都来了，可都不是RH血型。最后，大宝通过部队医院寻找到两名军人是RH血型，两个小伙子很快到了，给二哥输了八百毫升血，缓解了眼下暂时的问题，可总共需要两千毫升呀，哪里再找呢？市内电视台开始反复播放寻找RH型血的求助信息。就在这万分焦急之时，莹莹哭喊着到了，她挽起了自己的袖子说："我是RH血型，抽我的。"我还以为她急了说胡话，不料一验血，还真是RH型，你说这不是上帝在搞天作之合吗？接着，她还给远在温州的两个哥哥、一个弟弟打了电话，他们也乘飞机先后全赶到了。殷红的血一滴一滴地流进了二哥的血管里。二哥命很大，经过八个小时的抢救，终于从死神手中挣脱出来。

那些日子，我们整天几乎就是跑医院。几个哥哥、嫂子和我穿行于爸爸和二哥住的医院，莹莹更是寸步不离二哥身边。人的缘分好像是命中注定的。佛说：只要爱就爱好了，不要问为什么。

二哥受伤的事我们守口如瓶，没敢对爸爸说。每当爸爸问起二哥，我就对爸爸说二哥外地有拍摄任务，出外景了。全家人都交给我个任务——想尽办法把老爸瞒过去，因为我最会哄爸爸高兴，我说的话爸爸爱听。

有一天，爸爸声音微弱地问我："你二哥怎么这么多天没见着？工作怎么那么忙呢？"我急忙说："爸爸，对不起，你看我这记性，二哥发的短信，我都忘给您念了。"边说边把手机打开，跟真事似的念道：“爸爸的近况好吗？身体好些了吗？我在云南拍片子，任务很紧急，台里让我们抓紧摄制出来，等我回北京，把事情安排好，就时刻不离爸爸身边。你告诉爸爸，我想他，让他等着我回来。”

我对着手机屏幕睁眼说瞎话。

爸爸听后信以为真，告诉我：“回信息告诉你二哥，不要惦记我，工作重要，注意身体，注意安全。”

看着爸爸骨瘦如柴，已经好多天没有进食了，只能靠药物维持，连说话的力气都没有了，可他还在惦记别人，我想起那首诗：“春蚕到死丝方尽，蜡炬成灰泪始干。”这首诗是爸爸的真实写照，他把毕生心血，都献给了他钟爱的孩子们和他的事业。

终于在一天下午，天色灰暗，窗外刮着凄厉的风，我们都围坐在爸爸的床前，爸爸用目光扫了我们每一个人，然后开始吃力地说话，每说一句话，都要停顿好长时间，他嘱咐我们：“我死后，一切从简，不要给大家添麻烦。”

我拉着爸爸的手哭成了泪人：“爸爸，您给了我美好的生命，您走后我一定让鲜花围绕着您，让鲜花代表女儿陪伴您，不让您孤独。”

哥哥阻止我，不让我再说下去，怕引起老人伤感。理智告诉我，我和爸爸说话的时间不多了，我要让爸爸知道，他离去的身后事，我们会安排好的。几个哥哥怕我身体支撑不住，强迫我回家休息。看到爸爸旁边的体征监控仪器显示正常，我才一步三回头地走出病房。

回家后，我怎么也安静不下来。稍事休息了一会儿，天没亮，我就起床了，洗漱完，我又急匆匆赶到医院。

坐到爸爸床前，贴着爸爸的耳朵轻声叫：“爸爸！”爸爸连睁眼的力气都快没有了，但听到我的喊声，爸爸努力睁开眼睛，定定地看着我，两行浊泪从干枯的眼眶里滚落下来。他的胸脯起伏，呼吸急促，声音微弱得几乎难以听到："不要老是长不大，父母不能陪你一辈子，自己留个心眼，不能太任性。爸爸知道你善良，但也要给自己留些过河钱，不能大手大脚的。人生世事难料呀！"

我哭着双手捧着爸爸冰凉的手，想用我的体温去把爸爸温暖过来。我涕泪双流，汇成了河，"爸爸，你要答应我，来生还做我的爸爸。"

爸爸努力地睁着眼睛问我："还有来生吗？"

我点着头，摇晃着爸爸的手："爸爸有来生，一定有来生！"

爸爸竭尽余力地也点头应允，一个字一个字断断续续地说："爸爸今生有你这个女儿，知足了。"说完长出一口气，闭上眼睛，再也没有睁开。

在这一刹那，我意识到从此我和爸爸将阴阳两隔，永远不能相见了……我撕心裂肺地哭喊起来："爸爸！爸爸！……"

2008年4月5日，这是我永远不能忘记的一天：天朗朗，气清清，节是清明。人归处，天作美，来去飘然。呜呼哉，震天地，撼寰宇。哀呼哉，魂游极乐，天国神仙。奉上我灵魂，祈祷老父泰安！

十九　情重泰山

爸爸走后，家也散了，我几乎不愿意回到那个曾经给我遮风避雨的窝儿。我经常看天发呆，找哪块云是妈妈，哪块云是爸爸，经常会感觉好冷，感到孤独。虽然大宝无微不至地关爱我，但我还是感觉缺少些什么，心里惶惶的，好像一只小船儿，在茫茫的大海里漂呀漂。又如一朵开在风雨飘摇中的樱花，摇曳在忧郁的泪海之间，迷茫翘盼的双眸，丝丝淡淡的哀怜，凄然惨然惶然凝聚在心头眉上。

我在深深地忏悔，回国后与父母见面的情景，老在眼前反复浮现，它像一把剪子在剪接从前的往事：在我的记忆中，我没有见过爸爸的眼泪，只有一次我放学回家，看见一个陌生的中年男子，模样憨厚朴实，坐在家中的椅子上抽着老旱烟。爸爸仰面躺在床上，泪水从他的眼角不住地往下流，他却不言又不语。我一时不知发生了什么。

后来妈妈给我讲起了那难忘的往事：那是“文化大革命”初

期，妈妈被怀疑成苏联特务，组织劝爸爸和妈妈脱离关系，否则会影响前程。爸爸脾气暴躁是人人皆知的，他听后破口大骂，找他的领导拍桌子瞪眼，斩钉截铁地说：“我肖云汉，绝不会做伤天害理的事，我可以任其发落，但绝不会离婚！老子冒着枪林弹雨闹革命，如今却革命到老子头上了？岂有此理！”

爸爸被撤职了，发配到边疆劳动改造。工作是当一名汽车驾驶员，任务是从临江转运站每天沿着盘山公路往六道沟运送物资。那时的公路，像一条蚯蚓，九曲十八弯。汽车是在高山之巅穿行，悬崖山涧就在脚下，爸爸每天起早贪晚都在冒着生命危险行进在悬崖峭壁的盘山路上。

爸爸是在战火中锻炼出来的汽车兵，是中国第一代特种兵的教练，组织把他送到苏联学习，回国后一直从事着特种兵的教育工作。现在却把他安排在最危险最艰苦的边疆第一线，但他并无怨言。爸爸每天天不亮就起床，当时转运站的条件十分艰苦，根本没有车库，寒风凛冽的冬天，要用木炭把汽车烤热才能发动。手裂了口子，爸爸的手常常粘满细碎的胶布，可他非常乐观。他常说：“早起的鸟儿有食吃。无论多苦，一看见这些小鸟叽喳叽喳地叫，我肖云汉知足了。无官一身轻，有子便知足。”

一天夜里，爸爸驾着嘎斯车盘着山路，开着汽车大灯像蜗牛一样孤独地往回走。途经四道沟时，发现一个身背猎枪怀抱一只狗的老人拦车，爸爸把车停了下来。

老人哀求：“解放军同志，行行好，捎我一段路吧！”

爸爸问：“你要去哪儿？”

“我要去临江医院，给狗找大夫，它救了我的命啊。”

爸爸把车门打开，让他坐在副驾驶座位上。

老人姓宋，靠打猎为生，住在四道沟的半山腰上。这天老人上山打猎，看见一只黑熊，他扣动扳机，打偏了，没有命中黑熊的要害，黑熊反倒疯狂地向他扑来。在通常的情况下，他的群狗里会有一只头狗带领一群狗围咬猎物，帮他赢得时间上子弹，可这只黑熊太凶猛，一时把头狗吓呆了。正在紧要关头，平时最不起眼儿的小狗跳了起来，拼死扑咬庞然大物的眼睛，这才引得其他狗一起围咬黑熊。老人装上子弹，连发两枪才把黑熊打倒，但其中一颗子弹打在了这个不起眼儿的小狗身上，也就是老人怀中的这只狗。老人扔下黑熊抱着狗就下山了，于是就发生了拦车这一幕。

爸爸一直把老人和狗送到临江县医院，天还没亮，老人坐在医院走廊的板凳上，爸爸把身上所有的八十元钱给了老人，因为爸爸有个习惯，也是他常说的一句话："男人在外，兜里不能不备过河钱。"

老人一直坐在走廊里，摸着怀中那只忠诚的小狗，发现子弹打在狗的皮下，并无大碍。经过简单的处理包扎，就走出医院了。

那时的医院条件还是很简陋的，现在看来属于人畜不分，可那个时候不能苛求，就是这样。

老人抱着狗，找到我家，爸爸又把他连人带狗捎了回去。八十元钱对山里老人来说，可以说是一笔不小的款项。他一下子买了很多东西把钱都花完了，因为猎户老人难得有机会进到县城。那时候交通很不方便，整个县城除了军车，基本看不到别的汽车过往。

爸爸劝老人家买些家里用的物品，不要急着还钱。就这样，爸爸成了猎户老人的朋友，每过一段时间，爸爸就会给老人送去白酒，老人会把野猪肉、狍子肉给转运站的大兵们带回来。转运站也就十多个军人，人人都知道这个猎户老人，都叫他宋大爷。

部队开始转移了，爸爸也恢复了原职。在调离的时候，爸爸没有告诉猎户老人，怕他为八十元钱的事犯难。

半年过去了，老人一直没有见到爸爸的身影。他带上野味走了九十里路来到临江转运站，看到一切都空空如也，当兵的都撤了，转运站的四合院留给了驻地的人看守。老人坐在门槛上痛哭了一场。

爸爸离开临江，来到了北京。突然一天，一位身背狍子皮，肩扛一袋子野猪肉的老人出现在部队营房外，爸爸见到他时恍如做梦，喊了声："宋大爷！"爷俩就抱头痛哭。

老人跺着脚埋怨爸爸："你怎么不吭一声就走了？"

爸爸说："对不起你宋大爷，怕你为难呀！"

老人一个字不认识，他要中间转车，长途跋涉，手里拿了一张转运站留守的人给他写的地址，千辛万苦才找到部队，这份情谊难以用语言来形容。

老人在家里住了几天，爸爸妈妈带宋爷爷逛了北京著名的景点，还在天安门前照了相，妈妈给宋爷爷买了很多东西。

宋爷爷从怀中掏出一个用手绢包裹得严严实实的八十元钱，执意要还给爸爸，但妈妈爸爸坚决不肯收下。

老人家说："我这辈子死了都不亏，做梦都没想到能看见北京天安门。"手捧着天安门前的留影，他脸上的皱纹都笑开了。

在送老人家上车的时候，宋爷爷告诉大哥："小子，回家时告诉你妈妈看看收音机下面。"列车一声长鸣，徐徐开动，载着一位善良的老人走远了，音容笑貌渐渐模糊了，但留下了深情，留下了记忆，留下了沧桑真情……

哥哥回家后，才把宋爷爷的话告诉妈妈。妈妈一看，八十元钱整齐地放在熊猫收音机下边，仿佛还有宋爷爷温热的体温。宋爷爷一直把这钱放在贴着胸口的口袋里，妈妈的泪水一滴滴流淌，滴在宋爷爷留下的钱上……

多年过去了，爸爸经常想念那位淳朴的宋爷爷。爸爸想写信给宋爷爷，可他那里没有地址，爸爸在信封上画个图，上面写着：“这是当年一位打猎老人，名叫宋石山，请帮忙查找。谢谢。”信发出三个月后，等来了宋爷爷的儿子。他进门就磕头报丧，说宋爷爷已经走了，临终前还嘴里念叨：“肖云汉是个好人呀！这辈子见不到了……”

那是我第一次见到爸爸的泪水，第二次就是我那次从美国蹉跎一番归来后，爸爸见到我时老泪纵横。是我的莽撞和幼稚，伤了爸爸的心。爸爸走后，我没完没了地自责，灵魂一直在呐喊：“爸爸，原谅女儿！爸爸，快在梦中抱抱我！”

那天我坐在书房里睡着了，梦里我又回到了童年。雪下得纷纷扬扬，飘飘洒洒，白衣仙子向人间撒着洁白小花，天使在窗子上画着冰凌图案，房子变得美轮美奂。

天地间白茫茫一片，鹅毛大雪越下越大，好像要洗刷这尘世的污垢。我长出翅膀飞了起来，和天使一起共舞。爸爸从天上踏着雪花向我走来了，他指着六角棱花对我说：“你看这雪来得那么纯洁，那么安详，落得那么恬静。它只想创造一个纯净的世界，最后化成水来滋养大地，从不想给自己留下什么。孩儿呀，做人要有雪一样的无私品格。你要做美丽的使者，快乐的天使。”

我一激灵，醒了：“爸爸，爸爸！”静静的我呆坐在那里，想了许久许久，翻然醒悟：爸爸希望我从痛苦的尘埃中走出。在恬淡、静谧的梦中让我感受到生命的光辉，聆听了爸爸的启迪，心灵得到释放和超脱。打那以后，我看见了我的心花悄然绽放在如水的日子里，我慢慢地开始快乐起来。

二十 柔情把灵魂揉碎

大宝经常要下部队视察，留我一个人在家里，他也总放心不下，说等爸爸去世一周年后，我们就计划结婚。他找人定制了一个精美的白金项链，是一个锚的形状，说结婚那天他会亲手戴在我的脖子上，让我抛锚，停泊在他这个港湾中。

我们计划来年“六一”结婚，我选择这个日子的寓意是我们俩会像孩子一样纯真快乐。大宝说:“什么都听小宝的，一切行动听指挥，小宝是管司令的司令。”

我精心设计着，如何把我和大宝的婚礼办得脱俗高雅，如何定制婚纱，编织美丽的未来，憧憬新的温馨美满生活。还有无论如何我都要和大宝好好照一套婚纱照，大宝说一定买最好的婚纱，不穿别人用过的，婚礼举行完毕，他就把婚纱用镜框镶起来挂在我们的睡房，看着我天天像新娘一样美丽。

失去父母的伤口，慢慢地在心中愈合。转眼到了五月，春意盎然，北京街道两旁繁花似锦，竞相媲美，满眼的新绿，这一簇那一朵滚动着芬芳。柳絮虽然到处飞扬，倒也映衬出春的气息、春的温馨和惬意，我沉浸在幸福的等待中。我的思绪全然游走在春色里，沉浸在幸福中。我和大宝的相遇，唤醒我心中爱情的玫瑰园，如今生长出新的希望，新的我……

晚上大宝告诉我，他已有两天没有排大便了，我说是不是上火了呢，我给你去买肠清茶吧。我俩牵着手去医药商店买了两盒药，我亲手给他冲泡喝了下去。午夜，大宝起来说有点儿胃胀，我说给小豆打电话去医院吧。大宝执意不去："不要紧，明天还有个常委会，开完会我就去医院看看。"第二天一早，大宝还如往常一样抱着我亲了又亲，恋恋不舍地离开家门。

中午大宝来电话，我问他通便了没有，他说："没有。早上我没有吃饭，胃很胀，下午开完会就去医院，放心吧，小宝，没事儿，老公可壮着呢。"我有些不安，嘱咐他随时向我报告。他在那一头儿还高声开玩笑："是！首长。"

下午四点多，他被紧急送进301医院，专家会诊完后，采取紧急手术措施。上手术台前，他在病房中给我打电话："小宝放心，只是个小手术，等老公出来，不怕。"最后还说，"老公爱你！"我一个劲儿地哭，为什么命运老是捉弄我？我的天空正春光明媚，为什么会突然一片乌云，像暴雨来临前的黑暗降临。小豆来了，说首长临去手术室吩咐他好好照顾我。经过五个小时的漫长等待，他终于出来了，浑身插着管子被送进了ICU，切片结果是结肠癌晚期。

我一时喘不过气来，又一个我爱的人，生命接近尾声，那种爱莫能助的无奈和哀伤使我的精神顷刻崩溃了。我没有眼泪，我的脖子僵硬着，无法入睡。我整夜望着天花板，一秒一秒地在等待……

我只渴望他醒来，告诉他我和你一起走，不要把我扔下……我想起住在这个爱巢的第一个晚上的梦，大宝站在甲板上，身穿雪白的服装，指挥战舰起锚，我跑着追他：“带上我，老公！”他向我挥手：“你爸爸妈妈还需要你，儿子需要你，我不能带你走！”我写信给大宝：“我亲爱的老公，你不能把我扔下，你要牵着我的手，要么你留下，要么你带上我。如今爸爸妈妈已离开了我，这个世界已没人再需要我，至于儿子，我会安排好的，一定会有人把他照顾得很好，我向你保证。我今生对你的爱永远不会改变。”信，大宝什么时候能看到，我不知道，人还在昏睡中。我靠吃安眠药，每天也只能睡四个小时。眼前发生的一切，我没有向任何人吐露。我知道内心的伤痛，对任何人倾诉都无济于事。我一个人就那么坐着等着，等待大宝醒来。大宝昏睡中说梦话：“给我手机，给小宝发信息。”特护病房的护士很感动，事后告诉我这些话，这更叫我心碎。

大宝醒了，还在ICU病房。我穿着消毒隔离服，进去看大宝。从我认识他那天起，我就看他英俊威武，如今他全身插了多少根管子，我不忍心去数。我坚强地站在那里，对着他微笑，可这比演戏难多了，心里哭脸在笑，还必须装作很轻松的样子：“老公睡得香吗？你累了，该好好趁此机会睡睡觉了。”我的演员功底不好，泪水像断了线的珠子流进我的嘴里，又咸又涩。我绷不住了，扭身跑出病房痛哭起来。

一个星期后，大宝转出ICU，有四个特护小姐轮流护理，我每天晚上都等小豆来接我去看大宝。我会坐在他的床头给他唱歌，拉着他的手，给他讲故事，我几乎不愿意离开他的病房，虽然他是病人，但在我眼中他还是一个英俊威武的将军，我爱他！即使老虎倒下了，也还是老虎。

奇迹出现了，大宝出院了！那天早上，蓝蓝的天空下，我踩着金色的晨光，抱着一大束绽放的百合和玫瑰接大宝回到家里。窗台上一盆洁白的栀子花开了，淡淡的清香撩拨心底的柔情。

大宝深情地紧紧抱着我，眼睛流露出忧伤。他告诉我："小宝，对不起，老公有一样珍贵的东西找不到了，我找了好几天了也没找到。"

"什么珍贵的东西呀，让你如此地难过？"

"逢山有路，遇水搭桥。"

我笑了："就是我在飞机上在餐牌空白处写的那句话吗？"

"是呀，我一直放在军官证里随身带着，无论走到哪里，都在我的胸口上衣口袋里。这次手术前还在胸口上来着。"

我的笑容带着泪珠："老公，没事的，我再写给你就是了。"

大宝把我搂在怀里说："那一张已刻在老公的心里了，你再写一句话给老公。"

我带着无比感动，找了我一张小照片，在背面写上："无为不入世，有情始做人。"写完后，坐在他的怀中，深深地吻他……"老公，你在我的心中就是这样的。"我又重复当年在飞机上的那个动作，双手捧给他。

"谢谢你，小宝！"大宝双手接过照片，捧在手中，然后连着吻了三次，又珍惜地放到军官证里。他在我心中，就是这样一个有作为有情怀的真正丈夫！

大宝暂时没有上班，每天和我在一起，度假休养。我们天天在大自然中散步，会去郊外踏青，但没有去游泳，因为大宝肚脐上那颗痣手术时割走了，留下一道长长的伤疤，仿佛诉说着大宝内心的伤痛，那颗痣对他是多么珍贵啊。游泳馆的金卡也已过期，静静地躺在我的钱包里，从此我没有再进过游泳馆。

大宝已经恢复得非常不错了，没有人相信他是癌症病人。这一年，很安全地度过了危险期，他这一段时间说得最多的话就是："我到死都爱你！老公有你，这辈子值了。"我更爱他了，觉得他真是个男子汉，从头到尾他没有向疾病屈服过。我们俩彼此心照不宣，谁都没提过一个"癌"字。

9月14日，北京的天气有点儿凉了。那天，我给他亲手熬了小米和大米掺在一起的二米粥。怎么也没想到，这是大宝人生中最后的一顿饭。半夜两点，他突然感到腹胀得不行了，再次进了301医院。这一次走出爱巢，他就再也没能回来。

手术时打开一看，腹腔里已长满了癌细胞。只能靠浑身插管子来维持他的生命了。我绝望了，但彼此都绝口不谈伤心的话题，我想让他最后的日子尽量少些悲伤。尽管大宝瘦得皮包骨，但在我眼中仍是那么俊朗。我每天尽可能地陪伴他。

有一天，他抚摸着我的脸、我的头发，手有些颤抖。那份柔情足以把我灵魂揉碎。他说："对不起，小宝，我不能领你走到最后了！我走以后，有一个人能保护你。"我不让他说下去，他还是握住我的手继续说："你去找盛唐，那是一个好人。有他在你身边，我放心。"

我哽咽着说："老公你把我带上吧，我和你一起走！"

他说的话使我一时惊诧，因为多么像是那次梦中追着他奔跑时的情景，多么像他那次说的话，唯一不同的是，这次他说："我到那边等你，无论等多久，我都等你。有两件事委托你来办，在我的墓前立个碑，不要写军衔，只写这里埋葬着一位舰长。再一个是把我俩的爱写一部书，放在我的墓前。"

我第一次在他面前失声痛哭："老公，我能写好吗？为什么要写书呢？会不会影响你的威望？"

大颗泪珠顺着他的眼角流到耳边，他努力地说道："老公相信你能写好，因为我们爱得真，把它写出来，告诉人们，爱是高尚的。只要真爱，就大胆地爱，不要顾虑，人生苦短。"

大宝已开始经常昏迷，有时醒来就找我。最后一次是午夜两点，我的电话响了，我以为大宝走了，我的手哆嗦着接起电话。小豆告诉我首长醒了，要见你。我飞奔着下了楼，小豆在楼下等我，跳上车，奔进医院。他拉着我的手喊我的名字，其实那时他已不认识他的秘书和司机了，但到最后还用微弱的声音叫着我："小宝小宝……"声声呼唤我的名字，真把我的心喊碎了。

我最后一次看他时，他已双目失明，焦急地用手使劲儿揉着眼睛："我的眼睛，我的眼睛，小宝，小宝，我看不见你了！"

我用手捂住他的眼睛叫他闭上："老公，我在这儿，你主要是困了，闭眼睛休息一会儿就会看见我了。"

瞬间，各种仪器的波纹变成了直线。一个帅气威武、侠肝义胆、浪漫柔肠的将军，生命定格在2010年12月18日12点零5分。

我走出医院，大雪纷纷地下着，白茫茫的一片，白得那样肃穆庄严，像是遮天蔽日的缟素。这是近几年来，北京少有的一场大雪，我没有眼泪，飘乎乎地昏了过去。

在睡梦中，我看见大宝身披袈裟站在门口望着我。我一激灵，像触电一样睁开眼，他像电波一样，瞬间没了踪影。

二十一 白衣胜雪的幻烟

我在我们曾经的爱巢，为大宝设立了灵堂，我把婚纱和他的西装悬挂起来，他的照片摆在正中央，满屋的百合和白色的玫瑰，鲜花簇拥着我们的崭新婚礼服。我和大宝还没来得及照婚纱照，甚至连一张合影都没有。爱情的玫瑰园里，玫瑰还未来得及为他怒放，命运就将这一切拦腰斩断。他对此念念不忘，曾说过："对不起小宝，都是老公不好，等老公病好了，咱们就去照相。"可这一天没有等来。

香火整整七个昼夜没有断过，我七天七夜没有出门，每天不知什么时候睡什么时候吃。整日端坐在那里守候着大宝的照片，仿佛大宝也在痴痴地看着我。千年轮回，我们曾在万米高空邂逅牵手，岁岁年年，我们缠绵缱绻，走过了春夏花开的季节，曾淡了风，浓了夜，醉了你我。可为什么你在白雪飘来的季节却离我而去？难忘你真诚坦荡的胸怀，难忘你柔情款款，难忘你揽我入眠的沉醉，难忘你百转千回的留恋……我自言自语地诉说，虔心默念地祈求，我想知道，我能不能把天地感动，让大宝听到我的声音？一滴滴泪，滴在了大宝的像前；一句句呼唤，哀婉低回，寸断肝肠。时间一秒一秒地行走，我就这样孤独地坐着。我将电话关机，与外界断了联系，我不想让任何人打扰，就这样对着大宝的照片痴痴忘情地说着，说着……

四哥看到报纸才知道噩耗，哥嫂们全来了。大嫂看到我的精神状态，惊叫起来："你疯了吗？你想吓死我们呀？"

"我不觉得大宝真的走了，我是不是在做梦？可这梦为什么老是不醒？"我麻木的眼神，慢慢地复述着，渴望他们告诉我是假的，这是在做梦。可哥嫂们都避而不答，不忍心再刺激我。大嫂忙去厨房给我熬粥做饭，三嫂、四嫂拉着我的手，抚摸着我卷乱的头发。哥哥们开导我，几个嫂子不敢离开我左右地照看着我。

七天后，大宝追悼会那天，我带着墨镜，把自己打扮得光鲜亮丽，出现在大宝的葬礼上。我异常地冷静，我知道大宝爱我，他喜欢看我的美丽，喜欢看我的衣着打扮有品位。我身穿黑色包身羊绒长裙，把卷发高高盘起，还有那条他未来得及给我戴在脖子上的"锚"形项链，我自己把它挂在了胸前。小豆来接我，我知道这是最后看一眼大宝了，从此生死两茫茫，我不能让大宝看到我不美丽而伤心。

大宝静静地躺在那里，身上覆盖着党旗。清瘦的脸庞，隐含着难以割舍的哀怨，一腔牵挂将无奈带向天国。我的泪水如开闸泄洪的天河，顿时模糊了我的视线，霎时间，我仿佛看见大宝，灵魂飘舞在我的眼前，一身白衣胜雪的幻烟，飞向天涯的彼岸……

大宝葬礼完毕，我就径直去了银行，为一个得绝症的女大学生捐了一笔钱，这是我在七天后第一次打开电视看到的求助，我深知患者的那份苦，更能体会到那份无助的哀愁。

大宝“七七”时，我去墓地看望他，为他送去他爱吃的食物和他喜欢的百合，还有一束莹白的玫瑰。斟上一杯清酒对坐，叹一世梨花雨醺。奏一曲阳关三叠曲，道一道阴阳两隔苦。我好想永远地陪伴你，在苍干相绕的相思树下，我们再携手欢歌笑语，共叙别情。听说人走后的第四十九天，会站在奈何桥上最后看一眼亲人，我用心轻轻地对他呢喃：“愿你信守千年不变的诺言，万年轮回不要忘记我们的爱恋……”就这样，我坐在那里和大宝聊了很长很长时间。

我完成了他的嘱托，立了一块碑，上面写着：这里长眠着一位舰长。

我用清冷的文字和着我的泪，书写心中对大宝的思念：

每一段音乐会让我想起很多
会唤起我与你曾经的欢乐
每一首优美的诗
会将我的泪珠汇入银河
每一个夜晚
会想起我们曾经爱得那么执着
把我的思念放映在胸口
一幕幕回放……
仿佛听到你在我的耳边喃喃诉说
在烛光摇曳的夜晚
我会眺望苍穹

望着你在群星中闪烁
坚信你是最亮的那一颗
对着月儿给你吟唱最爱的那首歌
唱出我对你的思念
道出离别后的牵挂
你的世界会不会寂寞
天堂有没有四季
花儿会不会凋落
难忘你的身影
不知将怎样把思念缝合
生命若有神灵
我等待在星空夜幕下
在梦里倾听你来自天边的诉说

我空了，整个灵魂空了。我听说人走后会上奈何桥，会喝孟婆汤，我害怕大宝喝了孟婆汤忘了我，又怕大宝不喝受苦，于是我和晓婉沿着曲径通幽的山路，沿着石阶一阶一阶地往上爬，到了寺庙，我捐了款。跪在佛祖面前，敬上我虔诚的三炷香。很多居士、僧人站在那里唱经，宛如天籁之音，充满神圣。我反复做着五体投地的跪拜，为大宝祈祷，祈求佛祖保佑大宝，能为大宝免除孽障。

佛事活动结束后，晓婉搀扶着我：“曼妮，本来我已不相信这世界有真爱，看见你，我又相信爱情了。你是幸福的，毕竟你真正地得到了爱情。”

爱抽空你所有生命的积蓄
我的罪写着落花的私语
月冷风疾人归去
烟霭纷纷无处觅
萧瑟孤影梦里语
思念浸润在泪的诗行里
谁言彼岸叹烟火
红尘有缘难再续……

我在寺庙为大宝立了灵牌——魂飞极乐。

二十二 路至天涯接爱子

一切做完，我开始下一个行动，一切按我的心理节奏在进行。启程登上了飞往纽约的航班，到了曾经住过的家里，像死一样地安静，有一种不祥的预感，使我毛骨悚然。杰克早已住进医院，他已经完全失去了记忆。也许这对他是个好事，从此痛苦的往事一笔勾销。

让我不寒而栗的是没有见到吉吉，楼上楼下我疯了似的喊，哪里都没有见到儿子的踪影。我再找莉拉，也不见了。我的腿有些发软，无力地扶着楼梯找到仆人房间，只见花工和老仆人在，他们均神情冷漠地看着我。

我问："我的吉吉哪儿去了？"

花工漫不经心地说："艾米前两天带他走了。"

"去哪里了？"我急切地问。

"具体去了哪里，我们也不知道。对不起，这是他们的事，我们只管做我们自己的工作。"

我情急之中打周老太太的电话，话筒里传来的声音是："对不起，您拨打的电话已关机。"直觉告诉我——艾米把我的儿子拐跑了。

我感到空气凝固了，喘不过气来，孤独无助的绝望，瘫软地坐在楼梯上。

不知为何我突然想起杰克对我说的话："我每次去夏威夷度假，都能见到克鲁斯。"夏威夷，克鲁斯，即使我去了夏威夷，到哪里去找克鲁斯呢？我不能盲目乱撞。于是，我跑到警察局报了警。马不停蹄的我又跑到中国大使馆求助。尽管我拿了绿卡，但我仍然是中国人。大使馆工作人员很认真，连夜和美国警察局取得联系。接下去，我又风风火火地赶到机场，乘上末班航班，飞往夏威夷。

夏威夷白色的沙滩，蔚蓝的海水，姑娘们在凉风习习的椰林中穿着金色的草裙跳着呼啦舞。对此我无心欣赏，紧缩的心始终没有一丝舒展。我皱着眉，抱着胸蜷缩在旅馆里等待。警察迅速找到了克鲁斯的住所，带着我见到了艾米。看来她想把我的孩子藏到克鲁斯那里，可她怎么也没想到杰克会给我讲起她与克鲁斯的风流韵事。

看到了我的儿子吉吉，他长高了，但明显和我陌生了许多，有些惊恐不安的样子。

自从周老太太骗走五千万的银行贷款，就把北京的公司关闭了，她再也没有回到北京。张海波就是因为接受她的巨额贿赂，违规操作才锒铛入狱的。此时新仇旧恨一齐涌上心头，我眼前的周老太太就像一个魔鬼，一个没有血肉的僵尸。

我一步一步地走到她的面前，鄙视地看着她，每一个字都仿佛是从牙缝里挤出来的："你这个骗子，听清楚，你的儿子是个性无能患者，这个孩子和你们周家没有一点儿瓜葛，我必须把他带回北京，还给他的爸爸。不是你当年做局，我怎么都不会经历这么多磨难。如果你不想把事情弄得难看，就不要再啰嗦什么。"

她站起身来，当着所有人和我儿子的面扇了我一个耳光，恶狠狠地说："领走吧，从此我不想再见到你们！"吉吉吓得"哇"的一声哭了起来，边哭边冲周老太太喊："不许打妈妈！不许打妈妈！"我抱起吉吉，吉吉使劲儿地搂着我的脖子，好像怕艾米再把我们分开似的。我心里涌动出一股说不出的滋味，我的孩子就是我的孩子，他是我生命的一部分。

当夜我两手空空牵着吉吉的手回到酒店，我一刻都不想让儿子离开我的怀抱，他是我唯一的寄托了。

第二天中午，在我即将领着我的儿子离开美国的时候，在机场海关出口，我突然看见了莉拉，她在那里等待多时了，她满眼泪水："我很想送送你们，我想吉吉，心里很难受。"边说边把她一直戴在胸前的金色发丝水晶项链取下来，戴在了吉吉的脖子上，而后就把吉吉搂在怀里。她蹲在那里呜呜地哭，大颗大颗的泪珠往下掉："吉吉乖乖，记住姆妈呀，以后姆妈不知什么时候再看见你了。"眼前出现的这一幕，是我始料未及的，因为我觉得莉拉是周家的用人，她在忠于职守，是不会来送我们的，可我想错了。

在吉吉的成长中，她已不单单只是用人，而是承担了一半的母亲职责。吉吉也搂着莉拉的脖子："莉拉姆妈，我也会想你，等我长大了，我还会回来看你的。"听到这里，我也禁不住泪流满面。我把北京的地址和电话写给了莉拉，告诉她："我永远都会感激你，无论何时，都欢迎你来中国北京。"依依不舍，我和吉吉与莉拉泪别在美国夏威夷机场海关，吉吉一步三回头地招手和莉拉告别，莉拉一直站在那里摆着手，影子越来越小，她淹没在人海里，直到我们走出海关看不见了，吉吉仍举着小手摇晃着。

我的心久久不能平静，我与莉拉会不会是误打误撞的两条直线，相交之后就会永远地渐行渐远，今生不能再相聚了呢?

二十三 不解之缘

儿子第一次来到中国，回到北京，我是他的母亲，无论分开多久，他都和我最亲，对北京他似乎并不感到陌生，仿佛在梦里他来过这里一样。

四哥见到吉吉又亲又咬，大哥抱了又抱，二哥举过头顶，干脆把吉吉扛了起来，三哥买了好多坦克汽车模型，整个家族沸腾了，每家的公子小姐都回来了，宠着围着和吉吉玩儿。吉吉从来没有见过如此多的哥哥姐姐、舅舅舅妈。他异常地兴奋。

娇娇跑回家来了，她是大哥的女儿，正在读大学。她听说吉吉从美国回来了，请假从学校赶回来。见到吉吉，她蹲下来，仰着头拉着吉吉的手，亲着吉吉的脸问："你怎么这么帅呀？我太爱你了。"吉吉很能接受这样的谈话方式，高兴地用带着口音的中文回答："谢谢！我像妈妈，所以就帅呗。"全屋人都笑了，几个孩子一起疯玩儿起来。二哥的儿子小凯提议："我们朗诵唐诗吧，听姑

姑说你会背唐诗，我们对对好吗？看谁对不上，对不上就要跳舞唱歌。”吉吉点头表示可以。四哥儿子小鹿说：“我退出当裁判吧，我不会背唐诗。”

“姐姐，请你先开始，女士优先。”吉吉胸有成竹地说。那样子很有风度，简直就是个小大人儿。全家都被逗笑了。

娇娇说：“我们背一首白居易的《卖炭翁》，好不好？”吉吉迫不及待地抢先开口了，因为他很小时我就教他背诵这首诗。他站在那儿像个小绅士，扬着头很认真的样子：“卖炭翁，伐薪烧炭南山中。满面尘灰烟火色，两鬓苍苍十指黑。卖炭得钱何所营？身上衣裳口中食。可怜身上衣正单，心忧炭贱愿天寒。夜来城外一尺雪，晓驾炭车碾冰辙。”

小凯急忙说：“不行不行，我甘拜下风，我认罚。”吉吉有点儿我小时候的性格，人来疯，马上换招数：“哥哥，你会跳街舞吗？我们比跳街舞吧？”小鹿起哄，把音乐打开，吉吉随着节奏就跳了起来。大家捧场，一起为吉吉鼓掌。

看到这一切，我好像又回到了童年，仿佛我的影子再现，遗传基因太顽固了，我心里在呐喊：“老天呀，千万不要让我的儿子重蹈我的覆辙。”

吉吉休息一个星期后，我带吉吉去见晓婉。

我在国贸的室内溜冰场等晓婉，吉吉在场上滑冰。我站在那里看着吉吉滑得自由开心，无忧无虑。我此时多么想成为溜冰场上的一块冰呀，让我的儿子在我身上快乐滑翔，以解我对他的亏欠。

晓婉来了，老远就向我摆手，我用手指着吉吉：“那就是我们的儿子！”

晓婉拍着手，激动地说：“太可爱了！太漂亮了！”

我唤着吉吉："儿子，快上来吧。"吉吉在冰上张着小手，像燕子一样轻盈滑过来，把冰鞋脱下来，我帮他换上球鞋。

"快叫晓婉妈妈。"

吉吉瞪着大大的眼睛看着晓婉："晓婉妈妈！"

"儿子好乖！"晓婉把吉吉抱了起来，好长时间不舍得放下，感觉视如己出。

我们到了一家上海餐厅，那里比较清静，找了一个角落坐下来。吉吉端端正正地坐在我的身边，晓婉迫不及待地从书包里拿出一个白金项链，项链上镶嵌了一把锁，给吉吉戴在脖子上："儿子，这是晓婉妈妈小时候的项链，晓婉妈妈给你戴上，把你锁住好吗？"

吉吉低着头，用手拿起锁看着："谢谢晓婉妈妈！"

我问晓婉："看出儿子像谁了吗？"

晓婉更仔细地端详吉吉，她试探着说："大部分地方像你，好像神态哪个地方，我怎么觉得像盛唐呢？"

我微笑了一下，未置可否。

"哎，曼妮，难道……难道是盛唐……"她大睁着眼睛，疑惑不解地发问。

我长叹一口气："我可能唯一对得起他的就是这件事，这也是我今生做得最正确的一件事！你记住我的话：盛唐是好人，那是一个可依靠的人！晓婉，好多事是命中早就注定好的，我是妮（泥），你是婉（碗），合到一起是'泥碗'。'和与道'又意味着什么？道在中国的哲学是一个重要的概念，是终极的真理。'和'意味着和谐，看来我这个妮（泥）要你来和了。泥碗要经过炼制才能成为一只完美漂亮的碗，要经过高温才能蜕变。"

我兴致盎然地继续说下去："你忘了我们在学校时，人家说我是一枝玫瑰，艳丽孤傲，浑身带刺；你是一朵蝴蝶兰，悄然绽放，清香怡人。我觉得很形象，象征爱情的玫瑰，往往是爱情的战利品，轻捧一瓣记忆，种下悲喜磨难，宛如幽梦一帘。看来冥冥中，命运早有安排。我常想，能不能把自己幻化为青莲，出污泥而不染。"

晓婉不知有没有听懂我的话，她的眼睛痴痴地盯在吉吉的脸上凝望，似乎心里在想些什么，在暗淡的灯光下，一脸的茫然。整个晚上，我们俩都没再多说话，都没有太多的食欲，其实就是看着吉吉在吃。

走出餐厅，皓月当空，路灯一盏一盏地亮了。我习惯地仰起脸，任一抹月光缓缓流过我的脸，我如梦的行者，和月光有不解之缘。

"妈妈你看月亮多圆呀！"儿子兴奋地叫起来。

晓婉问吉吉："中国的月亮有没有美国的月亮圆呀？"

吉吉拉着我的手摇着："妈妈在哪里，哪里的月亮就最圆。"

晓婉搂着吉吉的肩膀"呵呵"地笑起来……

我在混乱如麻的思绪中，慢慢地捋着，默默地做着，一切都做完之后，我开始整理大宝遗留下来的所有东西。

物是人非，大宝书写的东西还在那里：

每一个花开的季节
我陪你看花团锦簇
天涯海角
我们舒展云雾

任尘世沧海桑田
我会把爱的城堡守住
看遍世间繁花
赏尽秋月平湖

大宝给我写的这些诗，手泽如新，还散发着墨香，我的泪水一滴一滴地打在纸上。我守着回忆度日，枕着化作云烟的碎影入梦。昨日的日历已泛黄，明日的太阳又升起。日复一日，循环往复，唯有我的内心依然停留在旧时，周而复始。我的脑子是一块木头，一潭死水，一口深井，每天就是不变的思念，淹没在大宝无边的温存里，反复吟唱和回放《传奇》那首歌，抗拒着命运的枷锁，渴望大宝会奇迹般出现在我的面前，哪怕是梦里也好。

《传奇》中那首歌曲，好像专为我和大宝谱写的：

只是因为在人群中多看了你一眼
再也没能忘掉你容颜
梦想着偶然能有一天再相见
从此我开始孤单思念
想你时你在天边
想你时你在眼前
想你时你在脑海
想你时你在心田
宁愿相信我们前世有缘
今生的爱情故事不会再改变
宁愿用这一生等你发现

我一直在你身旁从未走远

……

任怨曲缠绵，魂断幽燕，人去楼空，过往终究不在。可我还是默默无语擎空杯一盏，眼中凄然零落着无尽的相思泪。

一天夜里，大宝回来了，站在我的床前，很瘦很瘦，我紧紧地抱住他哭诉：“你去了哪里？你为什么不给我打电话？为什么不给我发信息？你说话不算数！你说你会永远牵着我的手走完人生，你为什么把我扔下不管我了？”我抓住他，生怕他从我身边消失，并且使劲儿摇晃着他的身体，清清楚楚地看到他一双无奈的眼神，就那么凝视着我不说话，我拼命使劲儿摇晃他的身体：“你说过你宁肯解甲归田也要爱我，为什么一去不返？你去了哪里？我不要你的职务权力，不需要你的财产，在我眼中你是我的老公，我的爱人！”冰凉的泪水流入我的嘴里，我醒了，睁开眼，找大宝，屋内一片寂静，只有钟表滴答滴答地走着，我蜷缩成一团儿，自己抱着自己的双腿给自己取暖。

思念把我推向了几乎没有前行的路，我的灵魂去追大宝了，我是一个只有呼吸没有灵魂的漂儿，我像剥空了的一个躯壳，泪和回忆布满我的天空……

每到夜幕降临，我就会想到落日后的天涯，孤单的行者，在大漠瀚海中永无止境地跋涉，记得有一个传说中的故事：一种彼岸花，叫做曼珠沙华的花，一千年开花，一千年结果，相爱的人一次次近在咫尺，一次次擦肩而过，本是连理枝，却永无相见日。我陷入虚幻世界的想象中，不能自拔。

我不能让我的儿子在一个不晴朗的天空下成长，这对他不公平。我决定明天带吉吉去找盛唐，该到了他们父子相见的时候了。我相信盛唐一定会给吉吉一个充满阳光的天地，一个接受良好教育的环境。

我搂着吉吉："妈妈给你讲个故事好吗？"

"好呀，妈妈，我喜欢听你讲故事。"

我的脸贴着儿子的脸："从前呀，小鸡是和雄鹰一样，在蓝天上飞翔，它们会经常斗架比武，分不出胜负。后来小鸡妈妈老想它的孩子，就把小鸡搂在翅膀下面，不让它见风雨。慢慢的，小鸡就离不开妈妈了，在妈妈的翅膀下面啄米吃，再慢慢的，小鸡就不会飞了。雄鹰的妈妈则不然，它把它的孩子放到风雨中去搏击，让鹰爸爸带领着小鹰穿越高山峻岭，万水千山，在广阔的蓝天白云中翱翔，越飞越快，越飞越高。小鸡胖胖乎乎的，雄鹰很看不起它那软不唧唧的样子：'哼！看那软了吧唧的小样儿，一点儿抱负都没有，也就能当一盘菜！'再后来呀，雄鹰发现小鸡真可以是它们盘中的美食了。可怜的鸡妈妈也保护不了小鸡了，只要雄鹰一来，小鸡就浑身颤抖。有一天雄鹰把小鸡连同母鸡妈妈一起吃掉了。"

吉吉的眼睛瞪得大大地看着我："妈妈，我要做雄鹰，不做小鸡，对吗？"

我把儿子使劲儿地搂在怀里："对！吉吉真聪明！"

二十四 一盏佛灯照耀

回到从前的房子，更感觉比以前清幽了，每一个房间的装饰没有一点儿改变，只是墙纸已变暗发黄了。我曾那么熟悉的一切，当近在眼前时，又恍惚觉得那么遥远了。一架钢琴仍然摆在客厅的正前方，那是我从前最要好的朋友，每天都会用心去和它共鸣，用手指与它共舞。久违了，我已很久很久没有和钢琴交流谈心了。不知是从哪一天开始，我认为路是用脚走出来，而不是用手弹出来的，但用脚走了这么远的路之后，我发觉自己忽略了它可以弹出这世界的美妙。

盛唐见到吉吉，俩人没有用我介绍就像久别的老相识，不谋而合地一块儿弹起了贝多芬的钢琴曲《献给爱丽丝》，合作得居然那么默契，四手联弹，激情并进，每一个音符，都敲在我的心底。

看到眼前此景，我想到我二十七岁生日蜡烛燃起时，我曾许下的愿望：求佛祖保佑，让我肚子里这颗小苗苗壮成长，待我将我的儿子抚养长大的那一天，把他带回故里，送到盛唐面前，让他们父子共同演奏世间最美的音乐。

吉吉仿佛一下子长大了，很懂事的样子：“妈妈，您弹一首吧。”

“我已很久没摸钢琴了。”我边说边坐到了钢琴旁，试着弹了一曲贝多芬的《悲怆奏鸣曲》，还未等弹奏完，自己就像瘫了似的趴在了钢琴上。我想用这首曲子来宣泄和表达我的内心孤独，反倒被孤独和苦闷压垮了。

盛唐和吉吉把我搀扶到沙发上。

保姆小胡送来一杯水，几年不见，她看上去老了许多，身体有些发福了，明显已进入了中年人的行列。每次见到盛唐，我都会问起小胡，也曾几次托盛唐给小胡带些小礼物，并嘱咐盛唐对小胡好些，她是个命苦的女人。小胡见到我，眼泪一直在无声地流着，不知是激动，还是忧伤，反正一个劲儿地拭眼角。

我强打精神说：“盛唐，我把吉吉交给你了，他是你的孩子，把他归还给你，算是我今生欠你的了啦。”

盛唐按住我的肩膀：“吉吉是我们两个人的复制品，从看到他的照片那一刻起，我就知道这孩子是我俩的合成，是我俩生命的延续，我一直在等，我就知道这一天会来到，你会回来的。唉，过去了就过去吧。”

“我把孩子交给你，是还有一件事情要去做，至于我能不能回来，一切是命运使然。”

盛唐有些担心地问：“你要去做什么？能告诉我吗？”

“不需要告诉你，将来你会知道的，我要去完成一个任务，必须要今生完成的一个任务！”我坚定地告诉盛唐，“不要阻拦我，一切顺其自然吧。”

我把一个银行卡交给小胡：“这是你今后的工资，我先预付给你，帮我好好照顾吉吉和盛唐。”

大宝走后，我一直在忏悔，没有给大宝生个孩子，因为大宝真的光溜溜地来，光溜溜地去了。他常对我说：“别人的爸爸是这个将那个将，我的爸爸是铁匠。我是农民的儿子，参军入伍，从战士到将军，一个脚印一个脚印走出来的。你给我生个耗子我都满足！”我打他：“我生出来的一定是条龙，怎么会是耗子？虎父无犬子。”后来我才搞清楚，他是属鼠的。过去我总认为我们的时间还很多，我手上还有千头万绪的事情捋顺不清。吉吉还在美国，等他大一点儿回到中国在我的身边，我就可以不再去美国了，到那时我再给大宝生个宝宝也不晚，让他满足做爸爸的愿望。可水过无痕，世事难料，天不遂人愿。一切美好的事情，都付诸苍烟夕照。

我无数次问自己：“假如大宝没遇上我，也许不会死，他被爱炽热地燃烧，透支了身体能量，他离开我总是靠安眠药才能入眠，这是不是导致他得癌症的原因呢？假如他遇到别人，是不是可以有了自己的孩子，生命就能得以延续？”

我也对不起盛唐，好端端的一个才子，居然过不了一个正常人的生活，重组家庭的问题一直没有考虑。我也曾问过他：“你结婚吧，如有困难我来帮你。”他总是不接话茬儿，叹气道：“曾经沧海难为水呀！”我像背了个十字架，想起来就沉重，感觉是我害了盛唐，我对不起他。

对于吉吉我更对不起了，没有尽到做母亲的责任。有一次，在纽约我问他：“妈妈漂亮吗？”

他说：“妈妈漂亮，小朋友都羡慕我有个漂亮妈妈，可我羡慕他们。”

“你羡慕他们什么呀？”

“我羡慕他们每一天都能见到妈妈。”

这次对话以后，我一直都觉得我不是一个称职的妈妈，常有一种负罪感。

我到底做错了什么？错在哪里？

滴泪如诗
花落如雪
玫瑰与生俱来的刺
不想把谁的心儿刺破
梦里飘起花瓣雨
泣诉生命如此孱弱
叹寒风瑟瑟
落红一地碾出车辙

我被扯得七零八碎，我谁都对不起，感情债我欠得太多太多了，这一生我被情债压垮了。我耳边一直回荡着六世达赖仓央嘉措的诗：

第一最好不相见，如此便可不相恋。
第二最好不相知，如此便可不相思。
第三最好不相伴，如此便可不相欠。
第四最好不相惜，如此便可不相忆。

第五最好不相爱，如此便可不相弃。

第六最好不相对，如此便可不相会。

第七最好不相误，如此便可不相负。

第八最好不相许，如此便可不相续。

第九最好不相依，如此便可不相偎。

第十最好不相遇，如此便可不相聚。

但曾相见便相知，相见何如不见时。

安得与君相决绝，免教生死作相思。

心头影事，如幻梦境。销魂痴情，悬月亏盈。

晓婉打来电话："曼妮，我在医院里，医院说让我的家属来一趟，你有空儿吗？"语气有些无助且惊慌。

"我马上去，你等我一会儿。"我急匆匆地追问，"对了，哪个科？"

"妇产科。"

我开车疯了一样赶到医院，晓婉脸色苍白地坐在走廊的椅子上，见了我就哭起来："是不是我得了绝症？"

"不要胡说，你总是不说好话。"

我走进妇科诊室，医生问我："你是她的什么人？"

"我是她最好的朋友，有什么话你就对我说吧！"

医生满脸严肃地说："怎么这么晚了才来检查？宫颈癌晚期，已经转移了。"

"医生，能不能手术？有什么办法？"

"没有什么好办法，只能化疗了，估计生命时间很短了。"

我麻木地站了一会儿，不知该怎么对晓婉说。

我勉强支撑着走出诊室，晓婉一双充满恐惧的眼神直盯着我。我扶着晓婉，一直往外走，想把晓婉带到一个能够冷静说话的地方。我俩上了晓婉的车。晓婉说："曼妮，你不用和我说了，我已经明白了。"她突然变得没有表情，没有了悲伤，一脸木然。

我的感情却有些不能承受之重，抱着晓婉在车里呜呜地哭了起来。我哭着说："晓婉，你住院吧，既然你能勇敢面对，就要努力配合治疗，好吗？"

晓婉的声音柔柔的："曼妮，你不要伤心，我知道我该怎么做，你把我记在心里就行了。"

"晓婉，不许你胡说，我来陪你，你下一步要做什么？要不要给你的家人打电话呢？"

"不要，我从小就没有父亲，母亲去世已经五年了，我无牵无挂。"

我和晓婉就那样在车里聊了很久，她很平静，最后坚持让我回家，说她想一个人静一静，我这才离开。

第二天一早，我还没有起床，就听快递咚咚地敲我的门："谁呀？"

"快递！"我打开门签字，一个大信封邮件。我边走边拆，从信封里掉出一串钥匙，还有一封信。"啊？是晓婉的。"

是我熟悉的娟秀字迹："亲爱的曼妮，我走了，我知道我的病已到了晚期，我对待生死很平静。我选择完整地离开，不想毁掉我的容颜。记住我的样子吧，我会在天堂每天看着你。

"我房子的钥匙留给你，你把它处理了吧。所有的存款，留给吉吉，他是我们俩的儿子。

“我在车里睡着了，再也不想醒来，也许这是我最好的选择，不要为我忧伤。笑着看我，笑着看我，这是我想要的离去。别了，曼妮，我的好姐妹！”

我打电话给盛唐：“晓婉睡了！碗碎了！晓婉永远睡着了！”我发出了哀嚎……

我和盛唐跑到晓婉的车边，在车中，看到了晓婉。

晓婉把自己打扮得很漂亮，静静地坐在方向盘的位子，好像睡觉，脸依然那么好看，没有一点儿痛苦。晓婉睡了，小碗碎了……泥做的碗碎了……

人生如戏似梦里，花开花落化作泥。
面若桃花肤如玉，一缕清烟魂归去。

我和盛唐将晓婉葬在凤凰岭上，我为她栽下一株腊梅花。我站在那里，虔诚地祈祷，渴望晓婉轮回在四季里，像一株腊梅那样顽强地挺立在风雨中，透过冰雪遥望远方。她会在春风到来之时，开怀绽放。瞬间，仿佛看见一朵腊梅花开了，如同云的翅膀；有两朵花瓣落了，像雾的羽翼。风刮着淡淡的醇香，飘向了远方……我可亲可爱的晓婉，你再也不能如一朵盛夏香兰，过早地凋零了。我怀着深深的思念，回忆着晓婉生前一个个故事，禁不住哭出声来，几滴走失的音符，唱湿了我的心窗，在我本不晴朗的精神世界上空，又罩上一层阴霾。

时光如一把锋利的砂轮，磨掉色彩斑斓的记忆；时光如一颗流星飞速划过夜空，陨落所有美好闪光的爱……疼爱我的父母，宠爱我的老公，知我懂我的女友，都在我的世界里消失了。他们能不能在另一个世界相遇？他们见面会说些什么？他们会不会知道我的心里有多苦？我的思维充满幻想，越来越空灵，我自动地与这个纷繁的世界分离了，我从思想到语言与这个世界隔离开来，我把自己推向了独处的疆域。宇宙无垠，一切的存在都是微不足道的。想着想着，孤独到无知、无觉、无疼、无痛、无人的境地，比死去还可怕。我心力交瘁，慢慢地在床上睡着了。

梦里，我见到了佛塔，还有一座大佛。我的至爱亲朋坐在山顶上望着我。那座寺庙好像我去过的慈念庵，而那尊佛好像我很久以前在哪里见过。恍恍惚惚，云雾缭绕中，隐隐现出佛祖，像一道彩虹出现在天际。青烟袅袅，上拉着云，下扯着雾，遮掩着的花草树木，仿佛都在倾听来自佛国的梵音。只有我蓦然觉得陷在一个网中，被丝丝缕缕缠绕得几乎窒息。我张开双手，祈求佛祖救我，我流着绝望的泪，说不出话，我期望佛祖给我一双慧眼，期望佛祖为我拂尘净心。

风传来寺院不倦的钟声，那声音是昭示我皈依的梵音吗？抑或是引领我向佛的召唤？任血液在蜿蜒的石径上一滴一滴流淌，延伸成一阶一阶的经文，我在匍匐着爬行。千手观音守护着千年不变的慈悲，一千只眼睛注视着我，点亮了我前行的路，一朵莲花开始了朝圣的脚步。没有谁能代替我走完这条洗却尘俗的石径，没有人会带给我凝满明月清辉的佛光。我听到自己灵魂的泣诉：佛祖呀，救救我，你坐在那高高的三十三层天之上，能否听到我心中流血的声音？我知道佛祖只与青莲为伴，你是否听到我来自尘埃的呐喊？我在挣扎中醒来，时针指向午夜两点。我仿佛心房里亮起了一盏佛灯，照耀着一个悠远而纯净的世界。

尾声 质本洁来还洁去

那一天
闭目在经殿的香雾中
蓦然听见
你诵经的真言

那一月
我转动所有的经筒
不为超度
只为触摸你的指尖

那一年
我磕长头匍匐在山路
不为觐见

只为贴着你的温暖

那一世
转山转水转佛塔
不为修来世
只为途中与你相见

我知道去哪里才能与你相见，慈念庵。大宝的灵牌设在那个寺庙里，梦中的禅音告诉我：“生即是死，死即是生，灵魂是不灭的，即使形体不在了，而灵魂仍在闪光，那闪烁光辉的灵魂，永远向着佛塔，生与死的转换就是灵魂超脱的境界。”

清晨，小豆开着曾经载着将军的坐骑，我不知道多少次坐在副驾驶上，感受那一路畅行的痛快。而今还是这辆车，我已没有了往日的荣耀。沿着盘山公路，一直向前行驶。小豆问我：“阿姨，我什么时候来接您？”

“不知道，也许有一天，会让你来接我。”

“那一天是哪一天？”

“不知道，我也不知道。”

小豆的泪珠顺着脸在流，我听到他在抽泣，他的喉结不停地咽着泪水。树倒猢狲散，小豆的未来会向何方？

我来到慈念庵，这里山清水秀，云雾缭绕，暮鼓晨钟，庄严肃穆。山间泉水淙淙，鸟鸣似有些凄婉。我想起法国诗人波德莱尔的那首诗：“慢慢如长夜，浩瀚如晨曦。回荡着芳香，色彩与万籁寂。”我开始洗尽铅华，振去俗尘，一身黑衣孝服，每天和尼姑们一起上课做法。时间可以让人忘记很多东西，可那些刻骨铭心的爱是根本无法忘记的，我只有深埋心底，用寂寞、孤独、思念作养料，任由他们在心里生根发芽，穿过我的五脏六腑，直达我的灵魂，开始回忆我的生活、我的路，开始动笔完成大宝的嘱托。

一缕暗香
梦断别离
谁把红尘叙
相思苦
情难寄
追随那身影痴迷

悠悠于灯下，写一部书献给大宝，就叫《前尘影事》吧。

清凉的晨雾，飘飘渺渺。我燃起一炷香，正要供上，一个刺耳的声音从身后传来：“曼妮！”我慢慢地转过身来，见到二哥和莹莹。莹莹和二哥欲开口，我双手合一：“阿弥陀佛！往事如烟。”

几经历练，几经洗礼。尘世的喧嚣已如青烟袅袅，不再留恋。心如止水，微波不起。澄明无妄，空灵涤尘。

当这本书问世的时候，我已剃度削发为尼。一朵青莲才为最美，没有修饰，不着铅华，质本洁来还洁去……佛说：这世上万物都有轮回。我相信，希望我能穿越时空，让飞翔的翅膀带着我回到你的身旁。

我梦见了你，
脚踏莲花，
身披袈衣。

伟岸的身躯长出了羽翼。
把我紧紧地抱在怀里，
穿过云雾，
飞向天际。
我看见七彩霞光，
金色的大地。
从未见到的美丽。
我问你这是在哪里？
你微笑着抚摸我的发髻，
嘘，这是个秘密。
我瞪大眼睛望着你，
你将我放在翅膀上，
忽而骑在云中，
忽而踏入雾里。
这是在哪里？
我如昨日敲打你。
噢，天堂，极乐？
如此璀璨旖旎。

【完】

小说纯属虚构，如有雷同，恰为巧合，万勿对号入座。

2011年10月3日完成初稿于美国波士顿

2012年2月8日定稿于北京

写给我的小说《前尘影事》的情书

不会写诗但总想抒情
月儿挂在星空我仍难以入梦
时光的功绩实在不菲
竟然让你在我的心坎儿上华彩天成
你使我在等待中苏醒
酝酿岁月的美酒赞叹还未出声
迷恋沉醉之欢的生命
心甘情愿地用温热的鲜血
去浇灌灵魂升华的痴迷之境
注定一种不解之缘
让一字一句作证
只有爱才能和你一道
走完孕育你苦涩的过程
也许你的出世如昙花一现的幻影
即使是美妙的一瞬
我眼中的你仍是纯洁至美的精灵

图书在版编目（CIP）数据

前尘影事 / 玛瑞娅著. —北京：群众出版社，2012. 4
ISBN 978 - 7 - 5014 - 4996 - 5
Ⅰ. ①前…　Ⅱ. ①玛…　Ⅲ. ①长篇小说—中国—当代　Ⅳ. ①I247. 5
中国版本图书馆 CIP 数据核字（2012）第 062897 号

前尘影事

玛瑞娅　著

出版发行：群众出版社
地　　址：北京市西城区木樨地南里
邮政编码：100038
经　　销：新华书店
印　　刷：北京通天印刷有限责任公司

版　　次：2012 年 5 月第 1 版
印　　次：2012 年 5 月第 1 次
印　　张：11. 25
开　　本：787 毫米 ×1092 毫米　1/16
字　　数：136 千字

书　　号：ISBN 978 - 7 - 5014 - 4996 - 5
定　　价：30. 00 元

网　　址：www. qzcbs. com
电子邮箱：qzcbs@ 163. com

营销中心电话：010 - 83903254
读者服务部电话（门市）：010 - 83903257
警官读者俱乐部电话（网购、邮购）：010 - 83903253
文艺分社电话：010 - 83901350

作者 玛瑞娅